CABEÇA DE GORDO

OBJETIVA

CABEÇA DE GORDO

FERNANDO CEYLÃO

OBJETIVA

EDITORA OBJETIVA LTDA. Rua Cosme Velho, 103
Rio de Janeiro — RJ — CEP: 22241-090
Tel.: (21) 2199-7824 — Fax: (21) 2199-7825
www.objetiva.com.br

Capa e projeto de miolo
Radiográfico

Foto da capa
Bruno Veiga

Revisão
Maria José de Sant'Anna
Ana Grillo
Tamara Sender

Editoração eletrônica
Abreu's System Ltda.

CIP-BRASIL. CATALOGAÇÃO-NA-FONTE
SINDICATO NACIONAL DOS EDITORES DE LIVROS, RJ

C418c

Ceylão, Fernando
Cabeça de gordo / Fernando Ceylão. - Rio de Janeiro : Objetiva, 2010.

165p. ISBN 978-85-390-0051-7

1. Obesidade - Humor, sátira etc. 2. Humorismo brasileiro. I. Título.

10-0540 CDD: 869.97
CDU: 821.134.3(81)-7

BEM, DEIXA EU ME APRESENTAR.
ANTES DE TUDO.
ANTES MESMO DE DIZER MEU NOME,
DEVO DIZER QUE...

EU SOU **GORDO**.

É. SOU.

EXISTE UMA GRANDE DIFERENÇA ENTRE
"ESTAR GORDO" E "SER **GORDO**".

EU SOU.
JÁ CONSEGUI FICAR MAGRO ALGUMAS **VEZES**.
DEPOIS ENGORDEI **TUDO** DE NOVO.
PELOS MEUS CÁLCULOS, JÁ PERDI 307 QUILOS NO TOTAL.

ENGORDO, EMAGREÇO.
ENGORDO, EMAGREÇO.
ENGORDO, EMAGREÇO.

MESMO QUE EU EMAGREÇA DEFINITIVAMENTE,
PRA SEMPRE SEREI **GORDO**. PRA SEMPRE VEREI O
MUNDO COMO O ETERNO GORDO QUE SOU:
COM OLHO GRANDE!

ISSO PORQUE EU TENHO...

CABEÇA DE GORDO

Seu prato ainda tá cheio, mas você não tira o olho da comida da pessoa ao lado? Mal acabou a entrada e já tá pensando na sobremesa? Antes de uma das várias dietas que tentou fazer, você resolveu se despedir das comidas que mais ama e engordou ainda mais? Aliás, suas despedidas duram mais tempo do que suas dietas? Você vai ao supermercado e compra um monte de coisas pra começar uma dieta e até o final do dia já comeu quase tudo? Ficaram apenas as frutas que você comprou pra se enganar?

Comidas devoradas de madrugada, às escondidas, têm um sabor especial pra você, mesmo que seja arroz e feijão gelados? Quando tá alegre, você come pra comemorar? Aí você fica triste e come porque tá triste? E quando tá mais ou menos...Você também come à beça? No desespero pra comer um chocolate, se não tiver, você encara Nescau puro mesmo? Você compra produtos diet e come umas três vezes mais do que se fossem produtos normais e acaba engordando da mesma maneira?

Se você é assim, das duas uma: ou você tem CABEÇA DE GORDO, ou você sou eu.

MUITO PRAZER. MEU NOME É FERNANDO CEYLÃO.

Pra você ter uma ideia, outro dia fui visitar um amigo que ESTÁ gordo, mas que não É gordo. Há anos ele passa os dias na frente do computador e acabou dando uma engordada por causa da vida sedentária. Normal.

Agora percebam a diferença. A certa altura, já morrendo de gula, não muito depois de termos almoçado, perguntei se ele não queria pedir uma pizza. Não precisa, me respondeu. No dia anterior ele havia pedido uma que estava quase inteira na geladeira.

QUE GORDO É ESSE QUE DEIXA SOBRAR PIZZA?!

ISSO É UM MAGRO ENRUSTIDO!

Ele esquentou a pizza e comeu um pedaço.

E eu, todo o resto...

Percebeu?

A INFÂNCIA DO GORDO

Minha mãe conta que desde bebê eu sou assim. Chorava até ela perceber que uma papinha só não era o suficiente pra mim. Eu devia ter o quê? Um ano e meio, dois. Ela me dava outra papinha e eu devorava com a mesma fúria com que havia atacado a primeira. E chorava. E ia fazendo ela me encher de papinha até eu vomitar.

Aí me dava por satisfeito.

Mais tarde minha avó me ensinou a furar latinha de leite condensado. Ela me deu aquela lata com um corte na parte de cima e disse:

— Prova isso aqui! Mama!

E aí não teve mais volta.

Minha mãe detestava a ideia de o seu filho ficar bebendo leite condensado, então eu tinha que esconder as latinhas. Comecei escondendo nas gavetas do meu quarto, mas ela achava. Passei a esconder debaixo da cama. Ela achava também. Então descobri o melhor esconderijo: a tampa do ar-condicionado, do lado de fora da janela do quarto. Tem gente que se estica na janela pra ver o mar; eu me esticava pra esconder as latinhas. Anos depois ela achou várias. E acabou rindo da ideia. O leite já tava até descondensado. Ficamos pensando em quantos pombos eu não engordei...

A infância do gordo... Ai, a infância do gordo é um inferno. O gordo não consegue passar por NENHUMA mania de infância sem sofrer humilhação.

Bambolê, por exemplo.

A primeira vez que eu ENTREI num bambolê, tentando me divertir, já veio um desgraçado de um molequinho do play do prédio apontando pra mim:

— Olha, é Saturno!

Eu sempre fui um homem à frente do meu tempo: aos 15 anos já tinha o corpinho que os meus coleguinhas só teriam aos 60.

PEDIR COMIDA PELO TELEFONE

Pô, pedir comida pelo telefone é um caso à parte quando se tem cabeça de gordo. Primeiro porque existe o constrangimento em relação ao porteiro:

— Seu Fernando. Entrega do restaurante... DE NOVO!

E pra piorar, de uns tempos pra cá, comecei a fazer pedidos combinados.

"Pedido combinado" é o seguinte. Estou com vontade de comer o filé à parmegiana de um restaurante, mas com o purê de outro. Sabe aquelas matérias de jornal que elegem as melhores comidas do Rio? É tipo isso. Uma busca pelo prato ideal. E ainda peço a sobremesa de um terceiro lugar.

Meu porteiro deve receber os entregadores e achar que estou montando uma minipraça de alimentação em casa.

Uma vez coincidiu de chegarem dois entregadores ao mesmo tempo. Eu tinha o entregador do Bob's na porta da cozinha, com um milk-shake, e o do McDonald's na porta da sala, com um sanduíche. Ou melhor, UNS sanduíchES.

No telefone, quando ligo pra fazer um pedido, eu morro de vergonha da quantidade de comida que peço. Mesmo que eu nunca vá ver a pessoa que está do outro lado da linha pessoalmente. Acabo fingindo que tô pedindo pra mais gente. Finjo que tô pedindo pra mim e pra minha mãe, por exemplo (parece o Norman Bates, do *Psicose*, pedindo comida).

— Olha, eu vou querer só um queijinho quente, pequeno, singelo. Só. E pode ser frio, queijo frio, sem passar na chapa. Não, não é promoção, não. Um quejinho quente e mais nada. Mas... PRA MINHA MÃE, manda dois cheeseburgers com batata grande, mais uma salada de galinha caprichada e um milk-shake grande. Oi? Setecentos é o maior? Então é esse. É pra ela, sim. Come à beça, a minha mãe, aquela GORDA.

Na minha casa é um entra e sai tão grande de quentinhas, que fico com medo de algum vizinho ligar para o disque-denúncia, imaginando que lá funciona um cativeiro de sequestro.

O BROWNIE DA COPA. AH, O BROWNIE DA COPA

Copa do Mundo de 1994, primeiro jogo do Brasil. Pouco antes do início da partida, minha mãe fez um brownie, doce que vem a ser o aperfeiçoamento do bolo solado. Que coisa deliciosa aquela massa macia de chocolate, quase derretendo na boca, com aqueles pedaços de nozes... Desculpe, papo de gordo.

O que importa é que a seleção brasileira venceu. Naquele momento, deixei de ser cético e inventei uma superstição: vencemos por causa do brownie. Só podia ser. Convenci minha mãe daquela besteira e passamos a comer brownies antes, durante e depois de cada jogo. Acabou que o Brasil ganhou a Copa. E lá fomos nós comemorar. Numa churrascaria. Pô, comemorar só com chopinhos e batucada na mesa é pura cabeça de magro.

Na Copa seguinte, a de 1998, pedi pra relembrarmos a era brownie e minha mãe alegou que eu tinha que cuidar da saúde. Deu no que deu.

GORDO QUE É GORDO

Gordo que é gordo tem sempre um jeitinho especial de comer as coisas. Experimente dar bombons para um grupo de crianças. Elas vão comer um por um, com mordidinhas lentas e pequenas. É assim que um ser humano normal come, principalmente quando é criança. Mas se uma delas tirar as casquinhas e misturar os recheios, transformando os bombons em uma nova espécie de doce, e, apesar dessa trabalheira, ainda devorar tudo mais rapidamente que as demais, pode crer: CABECINHA de GORDO.

Eu tenho cabeça de gordo E DE GRÁVIDA. Fico inventando desejos. É horrível, me olham estranho por causa disso. Sofro. Outro dia cismei que queria comer um empadão. Mas não era um empadão comum, de camarão, palmito ou frango. Não. Era um empadão específico, claro. Empadão de gordo.

Eu queria um que fosse recheado de arroz e feijão, pode? Porque eu adoro comida que lembra maçaroca-de-colar-tijolo. Do tipo que você mistura tudo e vira uma argamassa.

Outro desejo: pegar aqueles pães de fôrma compridos, de fazer torta salgada – aliás, adoro torta salgada –, fritar cada fatia dos dois lados, colocar presunto e queijo derretido em cima e fazer um MISTÃO, um misto-quente gigante.

Também sonho com um purê de batatas salpicado de pedacinhos de casquinha de bife à milanesa. O problema é fazer só a casquinha, sem o bife. Eu já tentei. Queima, fica estranho. Tem que ter alguma coisa por dentro da casquinha pra ela ficar daquele jeito. Não adianta jogar só farinha com ovo na frigideira e olha o papo que estou tendo logo no primeiro capítulo do livro. Gente, alguém me interrompa...

Ainda abro um restaurante só com essas loucuras de cabeça de gordo. Seria um restaurante diferente, alternativo, que funcionaria de madrugada. Já tenho até uma ideia pra decoração: ao lado de cada mesa, ficaria uma geladeira voltada para os clientes, com uma abertura na parte de trás. Em vez de levá-los à mesa, o garçom colocaria os pratos dentro da geladeira. Por um preço honesto e com ambiente agradável, recriaríamos o prazer que é atacar uma geladeira enquanto os cabeças de magro dormem.

Até a minha medida de tempo foi alterada pelo meu pensamento obeso. Em vez de "dez meses atrás", por exemplo, eu penso "dez quilos atrás".

— Tá lembrando de mim, Ceylão? Nós fomos apresentados naquela festa. Você tava com aquela camisa azul...

— Ah, lembrei. Foi há oito quilos, quando eu cabia naquela camisa azul...

Sou tão guloso que sempre que tô num avião e penso na possibilidade de um acidente, olho ao meu redor e já imagino quem eu comeria primeiro, caso ficássemos presos numa ilha.

SÓ UMA COISA É MOLE NA VIDA DO GORDO: A BARRIGA

É uma luta. Uma série de problemas e dificuldades.

Antes de tudo, pense que o gordo tem que cortar as unhas do pé! TERRÍVEL! Um exercício mais massacrante que uma série de abdominais.

Depois, há o medo de aparecer na televisão em uma matéria sobre os riscos do colesterol, devorando um prato cheio de coisas que fazem mal. É. Porque nesses programas o objetivo é assustar. A ideia é que, ao terminar de assistir à matéria, você vá até a cozinha, olhe para aquelas comidas que tanto ama e grite "assassinas".

Na hora de fazer imagens que ilustrem o que é uma má alimentação, você acha que o cinegrafista vai hesitar entre um magro comendo um prato gigantesco ou um gordo comendo um prato nem tão grande? É como um paparazzo diante de um anônimo e um famoso, ambos saindo da mesma boate. Quem ele vai fotografar?

E o gordo sempre dá o azar de comer mais feio que nunca justo no dia em que um cinegrafista decidiu filmar o lugar onde ele estava. "Eu vou comer essa coxinha com a mão e em duas abocanhadas. Ninguém tá vendo mesmo. Não conheço ninguém aqui." E o cinegrafista comemorando: "Come, gordo desgraçado!"

Gordo sempre é acusado de tudo. Aquelas cadeiras brancas de plástico... Sabe? Aquelas que quebram à toa? Se sentar um magro e uma delas quebrar, vão dizer: "Cadeira VAGABUNDA, quebra à toa. Machucou, amigo magro?" Agora, se sentar um GORDO e ela quebrar...

"Gordo VAGABUNDO, quebra TUDO. Podia ter machucado algum amigo magro! Eu falei pra não trazer esse gordo para a minha festa! Como se não bastasse ter comido todo o camarão, ele agora vai quebrar a minha casa?!"

XXXGG

Nada cai bem no gordo. Por isso que todo gordo tem o cacoete de ficar esticando a camiseta para a frente. Ele se sente como se ela estivesse colando no corpo. É um gesto primo de sentar e colocar uma almofada na frente da barriga pra esconder aquela marca côncava na altura do umbigo.

Das duas uma: ou ele passa o dia inteiro esticando a camiseta ou, antes de sair de casa, ele faz o... JOELHÃO.

O que vem a ser o JOELHÃO? É quando o gordo fica de cócoras e estica a camisa até que ela cubra os dois joelhos. Ao ouvir o barulho da malha esgarçando, ele se levanta e, *voilà*, a camisa ficou mais larga, caindo superbem.

Comprar roupa é a coisa mais humilhante que um gordo pode fazer. O gordo entra na loja e o vendedor já vem com aquela cara de ai-meu-Deus-nada-vai-caber-nesse-gordo. Isso acontece porque quase nenhum gordo tem coragem de comprar na Varca, né? Mas também... Varca? Que nome é esse? É um trocadilho com Vaca e Orca?

E quando ele finalmente toma coragem e entra na loja, dá de cara com aquele brechó, né? Aquelas roupas cafonas, estilo anos 70. O estilista da Varca deve pensar:

— Ah, pro gordo não tem moda, não tem últimas tendências. Não tem estação, não tem essa de fashion! Todo o conceito de roupa pra gordo gira em torno de disfarçar a tetinha e não mostrar o reguinho quando ele senta. Enfim, tem que ser tudo bem largo e escuro!

Uma vez eu entrei numa Varca. "Tamanhos especiais", diz um letreiro. Humilhante demais. Eles podiam colocar as lojas em terrenos baldios, lugares afastados, mas não. Elas ficam em shoppings ou no meio de uma das ruas mais movimentadas de Copacabana. Essa, aonde eu fui, aliás, fica em frente a um ponto de ônibus que sempre está cheio. Quando entrei lá, fingi que era um office boy, na esperança de pensarem que eu estava na loja pra pegar uma roupa pro meu chefe gordo, não pra mim mesmo.

Algumas coisas me chamaram a atenção na Varca. Uma é que todos os clientes tinham alguma desculpa pra não colocar a compra na sacola com a logo de lá.

— Ah, eu tô de mochila. Coloco a roupa aqui dentro...

Ou:

— Ah, eu já vou vestindo a camiseta.

— Mas o senhor não quer colocar a que já estava usando na sacola, então?

— Não, eu vou com as duas. Uma por cima da outra.

Também reparei que havia um bebedouro perto dos trocadores. Bizarro, né? Será que os gordos ficam exaustos, sem força, depois de experimentar roupas?

— Ah... ah... ah... Eu quase morri amarrando esse sapato... Água, preciso de água!!!

Fora que, em qualquer loja, os vendedores usam a roupa do lugar. Você entra e imediatamente se sente no mundinho particular da loja. Algumas ainda colocam uma música que tem a cara da loja e bolam uma iluminação. Tudo para você não querer sair dali de dentro, onde se sente especial e moderno, como numa festa.

E os manequins da Varca não tem cabeça. Eles são enormes, claro, e sem cabeça. Porque nem o desgraçado do manequim tem coragem de botar a cara ali!

Na Varca, não. Os vendedores são todos bem magros e parecem usar roupas próprias, trazidas de casa. A luz é fria, não tem nem a Hora do Brasil tocando no rádio e você se sente um peixe fora d'água. Na verdade, não exatamente um peixe, né?

Esse problema do gordo com roupa já começa cedo. Uniforme de escola é sempre muito justo, apertado. O símbolo do colégio fica todo deformado. De manhã fica o gordinho na frente do espelho.

— Não tá dando, eu tenho que emagrecer. Tá marcando muito a tetinha. Já sei. Eu podia ir com a mochila assim, segurando a alça na altura da tetinha, aí disfarça. E eu fico o tempo todo de mochila. Até para o recreio eu vou de mochila. É bom que dá pra levar um chocolate, sanduíches, bolo...

SOFRIMENTO DO TIPO 1, DO TIPO 2...

O gordo ainda corre o perigo de ter diabetes, essa doença terrível. Eu mesmo fiquei diabético e inicialmente não dei muita bola. Continuei comendo de tudo. Aí meu médico me assustou, dizendo que futuramente eu poderia vir a ter problemas nas pernas ou até mesmo ficar CEGO.

O diabético tem que fazer uma opção: ver todas as comidas que ama e não comê-las ou comê-las e não ver.

Eu continuava comendo meus doces, me arrastando (porque você fica meio fraco, indisposto, é horrível). Pura irresponsabilidade.

"Caiu depois de um quindim", poderia vir a ser meu epitáfio.

Minha taxa de açúcar estava tão alta que uma vez um mosquito me mordeu e tiveram que amputar uma perna dele.

Desesperada, um dia minha mãe me pediu:

— Se cuida! Por mim!

E eu respondi:

— Tá bom. Mas, de despedida, faz aquele brownie da Copa? Por mim.

Eu liguei pra farmácia um dia e pedi meus remédios pra diabetes e duas barras de chocolate. O atendente deve ter achado um pedido bem estranho. Imagino que ele sentiu o mesmo que eu quando vi uma camisinha usada jogada na calçada. Quem usou foi irresponsável o suficiente pra fazer sexo no meio da rua, mas responsável o suficiente pra colocar camisinha antes.

A vida do diabético é muito dura. Nem pedir um pote de açúcar pra vizinha gostosa ele pode.

Mas eu só comecei a me cuidar mesmo por causa da possibilidade de ficar cego. Eu sou diretor de teatro e ator, preciso enxergar muito bem. Às vezes, penso que, se diabetes causasse surdez, por exemplo, eu nem ligaria tanto. Até porque seria bom parar de ouvir "Você deu uma engordada, né?".

A DISCRIMINAÇÃO

É terrível como o gordo é discriminado. E isso não vai acabar nunca, porque o gordo é a única minoria que não se une. O que é uma besteira, porque cinco de nós já faria uma maioria.

Assim como há estabelecimentos GLS, onde gays, lésbicas e simpatizantes podem preservar seus hábitos sem serem perturbados, podiam criar lugares que fossem GGS, pra gordos, gulosos e simpatizantes.

Festa GGS. Você poderia chegar nas mulheres sem ter que ouvir: "Você é muito engraçado, mas a gente é só amigo, tá?" Você saberia que todas as mulheres seriam simpatizantes. Ou gordas. Também seria uma maravilha um restaurante GGS a quilo. O gordo saberia que lá ninguém comentaria quantas vezes ele se serviu no bufê.

Eu sou a favor de uma lei que obrigasse os aviões a terem cotas pra gordo. Porque tão desumano quanto socar o gordo entre dois assentos, quase colados um no outro, é obrigar alguém a viajar ao lado dele. É horrível. O gordo levanta e tem uma mancha de suor na camisa do sujeito que estava grudado nele. Ai!, que nojo. Fica aquela pessoa esmagada, mal consegue ler uma revista, não dá pra abaixar a bandeja.

Mas certamente alguém vai argumentar que não temos como saber quem é realmente gordo. Que o Brasil é um país muito misturado, tem barrigudo, gente que só tem pneu, obeso mórbido, obesinho etc. Muita gente poderia se aproveitar dessa lei apenas pra viajar com mais conforto.

Claro que isso é uma bobagem. É fácil saber quem seriam os beneficiados com as cotas de assentos pra obeso. Não tem aquela balança pra saber o peso da mala? Era só o gordo subir ali. Ou então naquela estrutura de ferro onde a mala precisa caber pra ser considerada "de mão". Podiam fazer uma enorme, o sujeito teria que entrar ali e... Já entendeu, né? Não preciso continuar a humilhação.

O mundo odeia os gordos. Se cigarro engordasse seria muito mais fácil convencer as pessoas a pararem de fumar. Sabe aquelas fotos que colocam atrás dos maços de cigarro, de pulmão estragado, de sujeito sem perna, do rato caidaço, de sofá queimado, sei lá mais o quê? O fumante olha para aquilo e pensa "Ah, o rato morreu. Que se dane! Tem isqueiro?".

Mas se colocassem a foto de uma gorda com dificuldade pra entrar numa calça, no exato momento em que ela saiu alguns centímetros do chão, pulando pra entrar na peça de roupa, iam olhar e dizer "Chega, eu vou parar de fumar agora!".

GORDO E ARTISTA?

Tem várias coisas que o magro pode fazer e o gordo não pode. E não há vice-versa. Exemplos: se o Faustão fosse magro, ele poderia ter tido a mesma carreira. Teria apresentado o programa de rádio, o *Perdidos na Noite*, o *Domingão*. Tudo igual. A magreza não impediria ele de fazer nada. Já o Ney Matogrosso, se fosse gordo, não poderia ter tido a carreira que teve. Seria terrível ele dançar daquele jeito pesando 140 quilos. Ficaria RIDÍCULO. Ou ele teria um troço logo na segunda música.

O Jô Soares é outro exemplo. Poderia ter tido a mesmíssima carreira que construiu magro – ele mesmo diz que a gordura em si não tem graça. Agora imagina o falecido Michael Jackson gordo. Não teria dado certo, né? Na primeira vez que ele tivesse tentado fazer aquele passo de dança *moonwalker*, a plateia teria vindo abaixo. De rir, claro. A carreira dele não teria passado do Jackson Five. E se os outros quatro irmãos fossem gordos, nem o Jackson Five teria dado certo. Até porque eles teriam virado a Fat Family.

No universo do rock, aliás, se fossem gordos, muitos não teriam gravado nem o primeiro compacto simples. Alguém estaria disposto a lançar os Beatles caso fossem quatro gordinhos de franja? — um corte de cabelo que, diga-se de passagem, é outro exemplo de coisa que só fica bem em magro. Gordo de franja é triste. Parece padre de filme do Zorro.

Imagine como seriam os hits dos Beatles gordos:

I Wanna Eat Your Ham

Help! (I Have to Lose Some Weight!)

Strawberry Cheesecake Forever

Eat Together

O SUOR. MEU DEUS. O SUOR

A obesidade é o problema mais visível do homem. Tá ali. Pra todo mundo ver. Às claras. De longe você não vê que uma pessoa tem uma terrível dificuldade pra largar a bebida. Ou pra parar de usar drogas. Dependendo da distância, você nem vê a pessoa. Mas o gordo tá lá, olha ele. Você vê o gordo de longe. Não consegue parar de comer, né, desgraçado? GORDO!

E de alguma maneira isso me leva a pensar numa das piores coisas do universo adiposo. O suor.

O suor.

O HORROR

Porque o suor tá ali. Pra todo mundo ver.

Uma época eu cheguei a pensar que minhas roupas é que eram muito quentes, mas a verdade é que eu suo desse jeito porque...

...eu SOU GORDO.

Eu odeio suar. E eu quase sempre estou suando.

Minha vida gira em torno de tentar me manter seco. De ar-condicionado em ar-condicionado eu vou tentando levar essa meta adiante. Mas é duro. Muito difícil. Quando viajo para um lugar frio, eu levo muito menos agasalho que as outras pessoas, na esperança de não suar. Porque eu sou um sujeito que já suou NA NEVE. Depois de dar uma leve corridinha de um quarteirão, lá estava eu suado.

O suor congelou no meu rosto. Ficaram aquelas gotas de gelo, ex-gotas de suor...Terrível, né? Eu vejo. Na cara das pessoas. Aquele nojo do suor que tá na minha cara. Olha ele. De longe. Vindo pra cá. Gordo! E suado.

É péssimo você encontrar com alguém casualmente e só perceber que tá todo suado depois de já ter dado os fatídicos dois beijinhos no rosto dela. É tudo muito rápido. A outra pessoa vinha passando, a gente se viu, "Ih, você aqui", quando percebi era tarde demais. A cara que ela faz é constrangedora. E a pessoa fica sem graça de secar. Às vezes, dou uma olhada rápida pro lado, finjo que disperso, pra deixar ela pelo menos tirar o excesso.

Acontece muito de eu chegar a algum lugar todo suado e perguntarem:

— Choveu?

E eu, sem graça:

— Pois é, do nada... Uma loucura. Com esse sol, né? Tem um arco-íris lá fora...

O SUOR.

O horror.

Isso quando não parece que você está fazendo alguma coisa errada. Uma vez que não faz o menor sentido estar suando em um local que tem ar-condicionado, seu suor começa a deixar você em atitude suspeita. Em loja me acontece isso de vez em quando. Percebo os olhares desconfiados.

— Por que ele tá suando tanto? Deve estar nervoso. Vai roubar alguma coisa. Ladrão. Pior que nada aqui cabe nele. Vai roubar pra vender. Gordo safado.

É muito triste. E eu suo à toa MESMO. Suo saindo do banho. Suo indo de um cômodo para o outro da minha casa. Chega um amigo meu lá no meu apartamento e pergunta:

— Tava malhando?

Não. Tava sentado. No computador. Só. E suando.

Isso é incrível. Suar parado. Sem se mexer. Você fica lá, pedindo pro suor parar de sair.

— Fica aí. Para! Não sai! Não desce! Eu não quero suar! Eu não quero suar! Fica aí!!!!!!!!!

DIETA, A ILUSÃO

Então o gordo decide fazer uma dieta. O que é uma dieta, pra quem tem cabeça de gordo? Ora, é ficar um tempo FINGINDO que comida NÃO É a coisa de que ele mais gosta.

Comida é um dos vícios mais complicados de se livrar. Afinal, quase tudo gira em torno dela. A comida taí. Em todo canto. Um em cada três anúncios de televisão é de comida. Outros vícios te obrigam a enfrentar perigos ou constrangimentos. A comida não. Claro que é constrangedor sair de um restaurante e entrar em outro logo ao lado, mas o único perigo que você corre é o de ser filmado pelo cinegrafista do *Globo Repórter*. A polícia não vai te parar, tirar uma balança do porta-malas da viatura e dizer: "Sobe. Mais de cem quilos. Teje preso."

Todos os caminhos levam à comida. É impossível ignorá-la. Você vai ao shopping, por exemplo, e tem a praça de alimentação. Não existe a praça de cheiração. Você promete a si mesmo ficar um tempo sem comer chocolate, mas ele está em todo canto e a embalagem é sempre tão colorida. Parece trazer tanta cor e alegria pra sua vida. A droga não vem em uma embalagem tão atraente. Muito pelo contrário, é vendida num saco velho e sujo.

Você vê alguém com um corpo perfeito na tevê e decide:

— É isso, eu vou ficar assim, lindo e saudável.

Em seguida, vê o anúncio de um chocolate perfeito e decide:

— É isso, vou sair e comprar um monte desses.

A publicidade ri da sua cara o tempo todo, te apresentando um ideal de vida e logo em seguida te fazendo gostar de produtos que só te afastam daquele ideal.

Eu realmente preciso emagrecer. Até o meu casamento está sendo afetado. Outro dia eu passei em uma lanchonete antes de chegar em casa e fiquei com vergonha de contar para a minha mulher. Afinal, havia combinado de jantar com ela.

— Onde é que você estava?

E comecei a inventar desculpas, culpando o trânsito etc. Aquelas mentiras típicas de quem andou comendo não "o quê", e sim "quem" não devia.

Fiquei com medo de que ela desconfiasse do meu comportamento e colocasse um detetive atrás de mim. Seria muito humilhante o relatório final dele:

— Olha, o Fernando é fiel, sim. Mas acredita que ele saiu dessa loja de salgadinho aqui embaixo e entrou no restaurante ali da esquina? Grotesco, né? Depois ainda comeu um churro. E deu um real para o rapaz da carrocinha ficar jogando mais doce de leite no churro a cada mordida. Nunca tinha visto isso. Na hora passou um menino e ele comentou com a mãe: "Olha, mãe, churros self-service."

Ao entrar numa dieta, você começa a se sentir vítima de uma terrível conspiração capitalista. Com dois reais, você engorda um salgadinho e uma coca. Mas pra comprar alimentos saudáveis, mas saborosos pra dieta, você tem que gastar uma fortuna.

Já que o mundo é capitalista mesmo, seria justo que as comidas engordassem de maneira proporcional ao preço que elas custam. Pensa só que beleza. Uma lagostinha engordaria tanto quanto 34 rissoles.

Na primeira vez que fui ao meu médico da dieta, a secretária dele falou que a consulta iria atrasar. Foi quando eu perguntei:

— Então será que a gente não pode pedir uma pizza?

No primeiro dia de dieta não dá nem vontade de sair da cama. Você acha que sua vida acabou. Se só puder comer um pão por dia, você fica desesperado, querendo dormir logo pra comer o do dia seguinte. Agora o segundo dia sempre é mais fácil. No segundo dia eu SAIO da dieta. Pronto.

A impressão que tenho é que a cada ano que passa meu corpo fica mais amigo da minha gordura. No início, eles mal se falavam. O santo não batia. Depois eles se conheceram melhor e começaram a se entender. Pegaram uma amizade. Agora vivem marcando de sair pra comer e falar mal de mim.

Eu sou o tipo de gordo que já tentou tudo quanto é dieta. O que me falam eu faço. Qualquer coisa. Uma vez minha vó chegada numa macumba falou que uns espíritos amigos dela resolveriam o meu problema. Ela mandou eu botar um cigarro e uns bombons nos pés de uma estátua próxima do meu prédio e eu obedeci.

De vez em quando, vejo passar um desses carros com anúncio de emagrecimento na porta — "Perca peso, pergunte-me como" – seguido por um telefone, que é sempre impossível de anotar. O carro passa a uns oitenta por hora. Quando você se toca que quer, SIM, perder peso e perguntar como para o sujeito, é tarde demais. Ele já dobrou a esquina.

O gordo vai fazer o quê? Sair esbaforido, correndo pelas ruas atrás do carro? Bem, talvez seja esse o plano de emagrecimento deles.

Todo mundo acha que entende de emagrecimento. Já me disseram de tudo:

"Se botar na cabeça que não tá engordando, você não engorda."

E eu acreditei nessa palhaçada. Vinte quilos atrás...

"Seu problema é que você só gosta de comida pesada e tem uma vida muito sedentária."

Comida pesada e vida sedentária? Se é assim, não era pra Bahia inteira ser gorda?

Outra pessoa foi mais cruel:

"A ideia é a seguinte: você pode comer de tudo. Mas tem que ser de frente prum espelho. E nu."

Já me disseram pra fazer lipoaspiração. Mas eu morro de medo. Já viu como os pacientes saem dessa operação? Ficam cheios de hematomas, com a área operada toda roxa. É ASSUSTADOR. Eu acho que as marcas não são por causa da cirurgia. Aquilo foi o médico que, irado, descarregou toda a sua raiva no operado:

"Gordo safado! Vê se agora para de comer!"

Outro amigo me disse:

"Por que você não anota tudo o que come? No fim do dia você vê o tanto de besteira que comeu e logo, logo tá com nojo de comida."

Quando chegou no final do primeiro dia, eu fui ler a lista:

"Café da manhã: misto-quente, dois rissoles de palmito, suco de laranja.

10h — cheesetudo, batata grande, Coca Light.

10h07 – cheesetudo, batata grande, Coca normal.

12h43 – arroz, feijão, batata frita, picanha, linguiça, pão de queijo, vatapá, sushi, empadão, lasanha..."

Li aquela lista e... aquilo foi me dando... uma FOME! Eu desci correndo pra loja de conveniência mais próxima e comi tudo que vi pela frente.

Na volta pra casa ainda comi a macumba inteira da minha vó!

Também me sugeriram operar o estômago. "O sujeito é compulsivo por comida. Então a gente corta o estômago dele." E se um dia eu ficar compulsivo por sexo?

SPA: UMA PRISÃO PAGA

Não vou operar o estômago. Se eu continuar comendo demais, prefiro que me batam, me amarrem na cama ou me exorcizem. Ou que me prendam... Num spa.

Um spa nada mais é do que uma prisão onde você paga a fiança pra FICAR PRESO.

A única vantagem do spa é que, pela primeira vez NA VIDA, você terá a chance de ser o mais magro de um lugar.

— Eu morria de vergonha de tirar a camisa. Não vou a uma piscina há anos, mas aqui acho até que vou usar sunga.

O problema é que algumas pessoas acham que, como estão pagando, podem fazer o que quiserem lá dentro. Veem o spa como uma colônia de férias pra gordo. Depois descobrem que não é bem assim:

— Seu guarda, eu não aguento mais de desejo de comer doce.

— Cala a boca e não desce dessa esteira! Já quebrou quatro cadeiras brancas de plástico! Continua malhando! Gordo vagabundo!

Aos poucos, os "presos" começam a fazer amizade no "pátio" da prisão:

— Como é que você veio parar aqui?

— Eu fui pego com uma torta de nozes no meio de uma dieta. Mas não era pra mim, e sim pra minha namorada! Eu sou inocente!

— Todo mundo aqui dentro diz que é inocente.

Logo os "presos" começam a organizar planos de fuga:

— Aqui está o mapa do spa. Se cavarmos 2 quilômetros, saímos bem debaixo da cozinha daquela loja de doce caseiro que fica na estrada.

— Mas como é que a gente vai cavar?

— Eu roubei essa colher de gelatina light.

Não demora e começam a surgir os "traficantes" da "prisão":

— Toma o seu pacote de cigarros. Agora me dá aqui os bombons!

— Você quer do preto ou do branco?

— Dois de cada!

— Não espalha não, mas no dia da visita eu pedi pra minha esposa trazer uma escopeta... Cheia de brigadeiro e cajuzinho escondidos dentro do cano!

CABEÇA DE MÍSTICO

Tem uma amiga minha, a Clara, que sofria muito por causa de um sujeito cujo nome eu esqueci agora. Rodrigo, pode ser? Acho que era. Enfim, não interessa, ela vai ler o livro e me ligar pra dizer. O que interessa é que eu tentava consolar a coitada, explicando que algumas pessoas são assim mesmo, tão inatingíveis quanto balcão de cantina de colégio na hora do recreio. Mas não adiantava.

A Clara insistiu, insistiu e acabou conseguindo transformar o motivo de suas lamentações em algo que, pelo menos pra ela, parecia um RELACIONAMENTO.

Três meses de "relacionamento" se passaram e uma noite o sujeito anunciou que ia passar o réveillon em Búzios com uns amigos. Tradução: ele não se importava tanto com ela e adorava um engarrafamento.

Era melhor se tivesse anunciado que ia matá-la, coitada. A Clara ficou arrasada. Precisava fazer alguma por ela mesma. Assim, no dia seguinte, Clara marcou hora numa taróloga.

É impressionante como a gente precisa acreditar em alguma coisa, já que em si mesmo NINGUÉM acredita.

Tem gente que acredita em olho grande. Olho grande? Essa é a melhor forma de não assumir responsabilidade pelas coisas. Tudo que você fizer errado, não é mais culpa sua. É OLHO GRANDE QUE ESTÃO COLOCANDO EM VOCÊ!

— Mirna, é a quinta vez que você prepara o relatório errado. Assim a gente vai perder essa concorrência! O que tá acontecendo com você?

— É olho grande que estão colocando em mim. O que eu posso fazer? Por mim eu faria tudo certinho, mas esses invejosos não me deixam ser eficiente.

O curioso é que às vezes a pessoa já atingiu DE CABEÇA o fundo do poço. Mas continua botando a culpa no olho grande que colocaram nela.

Sua vida tá péssima! Não notou que é impossível alguém invejar você, pô?!

— Eu tinha saído da quitinetezinha onde tô morando para ir procurar emprego. Estava há horas esperando o ônibus. Quando vi ele chegando, comecei a fazer sinal e, distraída, caí num bueiro que estava aberto. Só pode ter sido o olho grande que a Janaína colocou em mim.

Você acha realmente que essa tal de Janaína tá invejando essa sua vida? Acha mesmo que ela sonha em ficar desempregada e morar numa quitinete?!

Outras pessoas, quando enfrentam problemas, dizem que, na verdade, aquelas dificuldades estão ajudando elas a se fortalecerem na vida. Que tudo é um aprendizado. Acho isso lindo. De verdade.

Mas tem gente que exagera. Dona Ilma, uma amiga da minha vó, tem "apanhado muito da vida", como ela mesma diz, coitada. Eu passei a prestar atenção nela. E realmente ela só se ferra. Que lição é essa que a vida está ensinando para ela, meu Deus?! É pra ela estar forte na hora de encarar a feira, fazer compras no Mundial ou assistir à novela?! Ou será que a Dona Ilma vai ser convocada para uma guerra, gente?!

E HORÓSCOPO DE JORNAL?

Certamente quem escreve aquilo é um jornalista frustrado que queria era estar cobrindo esportes ou cultura. Mas mesmo assim eu continuo lendo, pra saber como vai ser o meu dia, mesmo que ele nunca seja nada parecido com o que o horóscopo diz. Juro que adoraria me preparar para o cotidiano com tanta precisão.

— E aí, Ceylão? Como é que você tá?

— Hoje eu acordei com uma forte tendência à introspecção e talvez seja bom ter alguém por perto apelando pro meu bom senso. Estou me preparando para um acontecimento inesperado, porém positivo, no setor afetivo. E vivo um bom momento para investimentos arriscados no setor financeiro. E você?

Eu só acreditaria realmente em um horóscopo que fosse muito exato. Não dividido por signos, mas por nomes próprios.

"Sérgio Marcondes acordará, escovará os dentes e será atropelado às 9h17 da manhã."

"Já André Mascarenhas nem levantará da cama, de tão deprimido. O que é bom, pois ele está tendendo a brigar no trabalho e perder o emprego."

NUMEROLOGIA

A numerologia realmente muda a vida das pessoas. Antes o sujeito tinha um problema e sua carreira não engrenava. Agora ele tem dois problemas: sua carreira não engrena e NINGUÉM acerta o seu nome.

CONSUMOTERAPIA

Tanta gente acredita em tanta coisa e tanta gente se aproveita disso que em breve alguém vai acabar regularizando a consumoterapia. É a terapia que diz que comprar faz bem para a saúde. Uma leve dor de cabeça e o consumoterapeuta receitará uma passada em uma loja de sapatos. Já pra uma bronquite ele indicará uma visita a uma loja de roupas a cada três horas.

Dependendo da doença, ele poderá indicar uma terapia mais longa, com quatro horas diárias de shopping. Para o tratamento começar fazendo efeito logo de cara, o preço da consulta será altíssimo. Tão alto que muitos pacientes vão se ver curados no ato do pagamento.

Tenho fé que não podemos acreditar piamente em nada.

Não me considero mentiroso. Apenas alguém que tem fé na própria verdade.

O fenômeno da espiritualidade é muito forte hoje em dia e afeta as pessoas desde cedo. Outro dia vi um moleque de 4 anos maltratando um passarinho. Assustada, a mãe dele perguntou:

— O que você tá fazendo?

E ele:

— Arranjando um karma ruim.

TARÔ PRA VER QUAL É

Outro dia encontrei por acaso com a Clara, minha amiga, na fila do cinema e ela não parou um minuto de falar da consulta com a taróloga. Havia adorado. A taróloga disse coisas ótimas e a Clara ficou toda animada. Eu vi que as previsões da taróloga iam passar a pautar a vida dela. Tem gente assim. As cartas dizem, por exemplo, que a pessoa vai conhecer o homem da vida dela em São Paulo e ela passa a nem olhar mais pra quem mora no Rio. As cartas dizem que um emprego vai surgir em breve e ela deixa de procurar trabalho.

O pior é que a Clara insistiu tanto que eu acabei marcando uma hora com a tal da taróloga. O nome dela era Bernadete. Marquei só de curiosidade, para ver qual era. Que desculpa, essa minha. Marcar tarô "pra ver qual é"... É igual quem diz que leu a *Caras* só porque estava na sala de espera do dentista. Ou quem fala que só viu um programa de tevê especializado em baixaria porque estava mudando de canal e parou naquele por acaso.

Eu já comecei a achar estranho quando a tal da Bernadete me ligou pra confirmar a consulta. Não era pra ela saber se os clientes vão ou não? Era só ela colocar as cartas e...

— Bem, esse cliente vem. Esse não, pois vai pegar um baita engarrafamento...

Cheguei lá e a Bernadete me mandou escolher trinta cartas. Separei as trinta e ela disse que eu ia voltar pra faculdade. Respondi que era pouco provável, mas ela replicou insistente:

— Mas eu tô vendo aqui! Não tem como fugir. Você vai voltar, sim!

Tiraaaana...

Então não tem como fugir? Se o tarô disser que serei atropelado, não adianta eu passar o resto da vida trancado dentro da minha casa? Ainda assim um carro vai passar em cima de mim?!

— Foi horrível. O Ceylão estava há dois anos dentro do quarto. Um dia ele foi na cozinha beber água, SURGIU UM MONZA NO CORREDOR DE REPENTE E PÁ!

Depois ela falou que eu devia economizar meu dinheiro. Quer dizer: paguei 150 reais para aquela mulher me explicar que eu NÃO DEVIA TER GASTADO aqueles 150 REAIS.

Por último ela me colocou nas alturas. Explicou que logo tudo ia dar muito certo e eu ia ganhar muito dinheiro. Nesse momento me ocorreu que ela deve dizer isso para todos. É. Pra gente sair feliz dali e voltar sempre. E se eu mandasse lá um amigo meu bem vagabundo, que não quer nada com a vida? Ele assumidamente nunca irá trabalhar. Seria um bom teste. Se a Bernadete também dissesse isso pra ele, não restaria dúvida de que ela é uma farsa.

Mas será que eu quero mesmo saber meu futuro? Quando você vai contar como é um filme que você viu, todo mundo pede: "Não diz como é o final, senão perde a graça." Agora quando se trata da vida, todo mundo que consulta taróloga quer saber como vai ser o final.

QUER DIZER: A VIDA NÃO PRECISA TER A MENOR GRAÇA.

REENCARNAÇÃO? SEI NÃO

Quando me perguntam se acredito em reencarnação, eu sempre fico na dúvida. A verdade é que nunca pensei muito no assunto e por uma única razão: que diferença faz quem fui em outras vidas, ou mesmo se tive outra vida, se eu não me lembraria de nada que aprendi ou vivi naquela época? Eu posso ter sido qualquer um. E daí?

Crer em outras vidas é algo tão útil quanto estudar muito e no dia da prova cair com a cabeça na pia e perder a memória. Nesse caso, a vida em que estamos agora seria o vestibular. Pensando melhor, não acredito em reencarnação, embora ela seja um bom argumento pra explicar por que a humanidade segue cometendo sempre os mesmos erros.

É só perceber quantas pessoas foram Cleópatra em outras vidas pra entendermos por que ela era tão cheia de si.

Não acredito em nada. Não acredito nem que eu não acredite em nada.

Às vezes eu penso que posso vir a acreditar em reencarnação, sim. Até porque, de vez em quando, sinto que numa vida passada eu era muito criativo e fui o sujeito que inventou essa história de outras vidas.

SEGURA NA MÃO DE DEUS, JOGA OS BRAÇOS PRA CIMA E SAI DO CHÃO!

Eu tendo a ser uma pessoa cética. Até já pensei em ser mais religioso, mas na minha dieta de proteínas não pode hóstia, então fica complicado.

A Igreja vive tentando se aproximar das pessoas da minha geração. Hoje em dia tem até padre surfista. Isso é um absurdo! Pra mim, eles só dizem que pegam onda pra poder ler a revista *Trip* e ver mulher pelada.

As igrejas estão se modernizando tanto que poderiam ter guias, como os de restaurantes. Seria uma espécie de *Guia Quatro Rodas*, que desse estrelas e fizesse resenhas. "Três estrelas. Vá acompanhado, pois o padre é muito ruim. Porém, lá é feita a melhor hóstia da cidade."

E o Novo Testamento? Já não é mais tão novo assim, não é? Deviam começar a chamá-lo de Testamento Nem Tão Velho Quanto o Outro.

Minha avó era uma pessoa com muita fé. Ia à igreja todo dia.

Era praticamente um vício, já que lá funcionava o bingo mais barato da cidade. Todo ano distribuía saquinhos de Cosme e Damião, que nada mais são do que UM doce bom cercado de doces estranhos por todos os lados.

O SEGREDO DO SEGREDO

Quando saio de casa para ir ao cinema e a sessão está lotada, vejo o que estiver em cartaz na sala ao lado. Seja qual for. Foi assim que acabei vendo *O Segredo*.

Inicialmente pensei que fosse um filme sobre fofocas. "Agora vamos revelar um segredo sobre a relação do Ben Affleck com o Matt Damon. Na sequência, saiba o que acontecia no camarim de Marlon Brando durante as filmagens de *O Selvagem*."

Mas não. O filme é sobre a teoria da Lei da Atração. Diz que se você se visualizar em alguma situação, ela se realizará. Não basta, por exemplo, você querer muito um carro. Você precisa se imaginar dentro desse carro. Se você quiser se tornar um grande executivo, comece a se ver como um grande executivo. É assim que funciona.

Eu não quero nem imaginar o que será da humanidade se todo mundo começar a se tornar o que pensa que é.

Saí do filme pensando: gente que é muito mentirosa acaba acreditando na própria mentira. Então, pela teoria da Lei da Atração, eles acabarão concretizando o que antes era mentira.

E assim, aquele meu primo que assumidamente não faz nada, citado páginas atrás, não precisará mais inventar que trabalha com produção na Globo pra pegar mulher. Ele realmente se tornará um produtor da Globo, pois passou a acreditar nisso depois da quinta vez que levou uma pobre coitada pra cama com um crachá falso.

O filme é baseado num livro de mesmo nome. Ambos são um sucesso tremendo. Imagino que a maioria das pessoas que leram o livro e/ou viram o filme tenha tentado usar a Lei da Atração pra enriquecer. A essa altura não era para o nosso PIB já ter aumentado?

NÃO POR ACASO

Você já viu um documentário sobre os atentados de 11 de Setembro no qual aparece um sujeito que trabalhava nas Torres Gêmeas e não foi trabalhar justamente naquele dia? Ele conta que jamais faltara ao trabalho. Jamais. Mas naquele dia — EXATAMENTE NAQUELE DIA — houve algum problema e hoje ele está vivo pra dar seu depoimento.

Cada vez mais me convenço de que a vida é uma questão de sorte. É uma sensação ligeiramente ruim. Preferia achar que tenho controle sobre a minha existência. Mas estar no lugar certo na hora certa é determinante.

Quando pensamos na sorte, costumamos relacioná-la a coisas importantes, como nosso trabalho, nossa carreira, o casamento etc. Mas a sorte também influencia as pequenas coisas. Quantas vezes você não lamentou o fato de estar vivendo um momento único sem um conhecido por perto para testemunhar? Por exemplo: o sujeito vai jantar com uma mulher linda e fica o tempo inteiro pensando: "Passa alguém conhecido, passa alguém conhecido." Mas ele não encontra ninguém. No dia seguinte, meio a contragosto, o mesmo sujeito leva sua avó pra dar aquele passeio que ela tanto tem cobrado. Não demora muito e ele encontra um grupo de amigos, duas ex-namoradas...

É a famosa lei de Murphy. Murphy, você deve saber, foi um cientista que deu o azar tremendo de ter seu nome eternamente associado à falta de sorte.

Você está segurando o controle remoto, pulando rapidamente de um canal para o outro, quando, no exato momento em que passa por um canal pornô, sua mulher abre a porta. A cena com a qual ela se depara é: você vendo mulher pelada. E é melhor dizer que estava mesmo vendo aquilo do que tentar explicar a azarada verdade.

Mas o contrário também pode ocorrer. Você é um cara que não lê muito, não se informa como deveria. Um dia, mudando de canal, vê por acaso o finalzinho de um documentário sobre o, sei lá, Orson Welles. Até então você mal sabia quem ele era. Seu cérebro esquecerá o que viu em 48 horas no máximo. Mas no dia seguinte, na locadora, prestes a escolher uma comédia bem idiota, você escuta por acaso uma conversa sobre o diretor de cinema.

— Quando o Orson Welles morreu mesmo?

Você nem se vira. Apenas diz, displicentemente, sem tirar os olhos da prateleira:

— Dez de outubro de 1985.

E todos pensam:

— Nossa, que cara culto.

Pura sorte.

Uma vez eu abri um biscoito da sorte... E ele tava vazio.

Numa coisa eu sou original, diferente da maioria das pessoas. Meu número da sorte é 763,39.

Falando nisso, por que o prêmio da loto sempre sai para pessoas que dizem que vão continuar a vidinha delas do jeito que estavam? Então dá o dinheiro pra alguém que vai saber torrar até a última nota de um real, pô.

Além dos números pra marcar, o cartão da loto devia ter um espaço pra você responder o que faria com o prêmio. E aí então eles escolheriam o vencedor, que passaria a ser chamado de "o merecedor".

Coincidências existem. Em um mundo superpovoado como o nosso, quando faço qualquer coisa, penso que talvez haja alguém fazendo o mesmo naquele exato momento. Por isso, passei a adicionar um "também" a todas as minhas frases. Digo: "Vou tomar um banho *também*" ou "Vou almoçar *também*".

Aliás, enquanto digitava este texto, fiquei pensando que, em algum lugar do mundo, outro autor poderia estar tendo o mesmo raciocínio e escrevendo sobre este tema. Preciso, então, me livrar da possibilidade de, por azar, ele ter escolhido as mesmíssimas palavras e construções verbais que eu. Tenho que usar aqui algumas palavras, selecionadas ao acaso, pra ter certeza de que esse trecho do livro vai ficar diferente: Zacarias, Alface e dragões. Pronto.

Coincidências existem, sim. Outro dia eu estava zapeando com o controle remoto da minha tevê. Tive a sorte de parar num canal que exibia um documentário sobre o acaso, mas não pude assistir. É que tive o azar de faltar luz no meu prédio naquele exato momento.

NO PRÓXIMO ANO, EU PROMETO QUE...

A virada do ano é uma data na qual muita gente acredita em muita coisa. Uma data em que várias promessas são feitas: emagrecer, economizar, encontrar um amor, conseguir um emprego melhor. Mas isso é mais coisa de mulher. Afinal, fazer promessas que nunca serão cumpridas é algo que o homem faz o ano inteiro.

No réveillon do ano passado prometi que finalmente cumpriria todas as promessas feitas nos anos anteriores.

No próximo réveillon vou prometer a mim mesmo que não farei nenhuma promessa.

"O futuro a Deus pertence." Esse ditado foi uma das formas que a humanidade encontrou para se livrar de qualquer responsabilidade.

* * *

E, pensando bem, sempre me pareceu que Ele apenas criou a matéria-prima e depois largou tudo em nossas mãos.

Dizem que a gente nunca sabe o dia de amanhã. Na verdade, eu sei. Será mais ou menos como hoje. A única diferença é que ele ainda não está aqui.

E.T. TELEFONAR CASA

Acabei mandando este capítulo do livro pra Clara, a minha amiga. Ela me ligou pra comentar a homenagem a ela (e pra confirmar que o nome do cara era Rodrigo mesmo). Aproveitei para perguntar se ela continuava consultando a Bernadete. Clara me contou que não só continuava, como as duas estavam superamigas. Passaram até a sair juntas.

— Agora estamos combinando uma viagem pra Chapada dos Guimarães. Eu, a Berna, o Rodrigo e o namorado novo da Berna. A gente quer tentar ver uns óvnis lá, sacou?

Berna? A amizade já tinha até a intimidade do apelido bizarro.

Perguntei:

— E você acha que vai mesmo ver algum óvni?

Ela respondeu:

— Ah, sei lá, Ceylão. Mas de qualquer jeito lá rola um rapel que é show, sacou?

Muitas pessoas esperam que ETs virão visitar a Terra um dia. Já estamos aqui há milhares de anos e eles nunca se interessaram em vir, mas a gente continua na expectativa.

Vai ver que até existe vida em outros planetas, mas de repente os extraterrestres estão lá no mundinho deles, sabem que a gente tá aqui na Terra, mas nunca quiseram nos visitar. Os leitores sabem que existe o Zimbábue, mas alguém já quis ir até lá para ver como é?

Muita gente afirma que já viu ETs. Se costumam vir mesmo à Terra, eles são um pouco antissociais, né? Parece o filho tímido da minha empregada, que aparece rápido na sala, você dá um tchauzinho e ele volta correndo pra cozinha.

Algumas pessoas juram que já foram abduzidas por extraterrestres. Um amigo meu disse que estava andando de madrugada sozinho quando, de repente, surgiu uma figura enorme, com uma careca reluzente. Ele acordou dois dias depois e não lembra de mais nada. Eu fiquei pensando:

"Será que a bicha não tomou foi um Boa Noite Cinderela?"

CABEÇA DE CASAL

FALANDO EM ETS...

Lembro que, quando eu era pequeno, tinha três melhores amigos e, sempre que nossa conversa avançava pela madrugada, acabávamos tratando dos mesmos temas. Histórias de terror era um deles. Começávamos com aquelas clássicas — como a da mulher que pede carona até a porta do cemitério, onde o sujeito descobre que ela está morta — e depois evoluíamos pra experiências pessoais. Eu sempre dava uma mentidazinha pra não parecer o sem graça do grupo — tudo que vi de aterrorizante na vida era obra dos homens mesmo. Talvez meus amigos fizessem o mesmo.

Outro assunto recorrente era a possibilidade de existir vida fora da Terra. ETs, óvnis, pessoas abduzidas. Coisa de nerd. Pulemos uma década à frente. Outro dia teve uma festa na casa de um amigo. Escutando a conversa das pessoas, eu pensava em como os assuntos mudam ao longo dos anos. Somos adultos. Assombrações e aliens ficaram pra trás. Agora SEMPRE acabamos falando sobre relacionamentos.

É uma obsessão. No dia da festa, o tópico era o orgasmo feminino. Tudo começou com um desabafo da dona da casa. Ela tinha uns problemas com o namorado novo e, achando que estávamos dentro de um episódio de *Sex and the City*, serviu esse tema depois da sobremesa.

Voltei a pensar nas discussões infantis sobre ETs, em que havia ao menos algum apelo à lógica. Dizíamos que seria egoísmo nosso achar que, num universo tão grande, só existiria vida na Terra. É um argumento bem razoável.

Juntando as duas conversas, penso que é assim que o homem vê o orgasmo feminino. O homem sabe que ele deve existir. E se um dia, por acaso, ele aparecer na sua frente, o homem espera estar pronto pra fazer contato.

Claro que, no caso dos ETs, não vai ser uma comunicação fácil. Alguém imagina o primeiro alienígena chegando aqui e já convidando os terráqueos pra dar uma volta?

— Oi, povo da Terra. Estudos indicam que neste planeta existe uma substância chamada chopp e que o servido por um bar do Leblon tem a temperatura mais adequada. Vamos lá que é por minha conta.

Lembra da minissérie *V – A Batalha Final*? Nela, alienígenas pousavam na Terra fingindo estar em missão de paz. Mas tudo era parte de um esquema de dominação. Eles se disfarçavam de humanos, mas na verdade eram lagartos.

Os homens precisam ter cuidado. O orgasmo feminino também pode ser parte de um plano elaborado pelas mulheres. De repente elas podem estar pensando: "Tadinho desse aí. Ele se empenhou tanto, se perfumou, me pegou em casa, me levou ao teatro e depois para jantar. Eu escolhi o prato mais caro e ele pediu um vinho. Fingiu que entendia, cheirou a rolha e tudo. Agora tá aí todo suado, se esforçando... Deixa ele achar que tá fazendo esse negócio direito, coitado... Eu dou uns gritos, não custa nada."

— Ah!! Oh!! Ai!!! Vai!!! Vai!!!

E ela volta a pensar: "Olha a carinha do idiota. Ih, ficou todo animadinho. Até acelerou, coitado! Vai ter um infarto, esse bobo... Ai, bem que eu podia mandar pintar esse teto. Tá desbotado. E essa parede? Pintava de azul-claro, fazendo um contraste com o armário amarelo... Será que eu alcanço o controle da tevê? Deve estar passando aquele programa das babás que cuidam de crianças endiabradas. Azul e amarelo é péssimo, onde eu tô com a cabeça? Ih, ele tá falando alguma coisa, coitado. Tá pedindo ajuda médica, será? Tá mais empolgado. Ai, eu tenho que reagir. Podia falar que ele... Que ele é... Que... Ah, vou mandar só um 'Ah, oh, vai' e tá bom."

— Ah!! Oh!! Vai!!!

E nós homens — seres inferiores que somos diante do outro sexo — não temos sensibilidade e sabedoria suficientes pra saber se as mulheres fingiram ou não. Por isso que a maioria acaba tendo a seguinte atitude: "Fazer o quê? Já que NUNCA vou aprender a lidar com isso, eu vou lá, faço a minha parte e que se dane!", pensamos.

Talvez até existam homens que tenham feito contato com o orgasmo feminino e depois decifrado alguns de seus mistérios. Mas, infelizmente, eles não estão ao nosso alcance para nos dar dicas sobre o que fazer. Devem estar numa base secreta do FBI estudando o assunto a fundo, escondendo esses segredos preciosos do resto de nós.

Não é à toa que todo homem é fascinado por casais de lésbicas. É o seu lado humilde admirando alguém fazendo o que ele é incapaz, e com um equipamento que ele nunca terá.

O único problema das lésbicas é não ter ninguém no casal pra perceber que discutir a relação é chato.

POMBINHOS EM GUERRA

Discussões de casal não são discussões normais. Tanto que elas têm o "de casal" acoplado a elas. São discussões muito delicadas e específicas. O homem tem que ser muito cauteloso e não pode, de jeito nenhum, usar determinadas palavras. Por exemplo: "feia". O homem jamais pode falar essa palavra durante uma discussão de casal. JAMAIS. Pode ter sido por uma razão inofensiva, mas já era.

— Você tá me chamando de feia?

— Não, eu só disse a palavra "feia" pra explicar que se uma mulher...

— Se me acha feia, por que você está comigo?

— Eu não disse que você era feia, eu só...

Não tem volta.

É como dizer "bomba" em um avião americano. Pode ter sido em qualquer contexto, você podia estar contando uma piada que falasse em "bomba"... Já era! Você disse BOMBA no avião. Para tudo. Chama a polícia, o exército.

Na guerra entre homens e mulheres, os primeiros parecem mais fortes e poderosos. Mas as mulheres têm táticas mais inteligentes e sempre vencem. Homens são Estados Unidos; mulheres, Vietnã.

As mulheres acabam vencendo porque os homens são muito óbvios e elas sempre adivinham o próximo passo deles. O homem é tão óbvio que não consegue admirar uma mulher sem dar bandeira. Imagine a cena:

Um casal janta em um restaurante. O homem acha a mulher da mesa ao lado bonita. Não se aguenta e comenta com a esposa:

— Olha essa mulher. Ela não parece aquela sua ex-professora de cerâmica?

Ela não tem nada a ver com a professora de cerâmica. Nada. Talvez ele nem lembre como é a cara da tal professora. Mas não consegue se conter. Ele vê outra mulher interessante duas mesas pra trás. E não se controla de novo:

— Tá vendo aquela moça? Na terceira mesa atrás de você. É a cara da vizinha da sua prima que mora em Ubatuba.

Você também se irrita quando está no meio de uma discussão séria, quebrando o pau, toca o telefone e a pessoa que brigava com você atende superfofa?

— Eu também te odeio! Eu nunca mais quero te ver na vida. Some daqui, desgraçado. Eu quero que...

O telefone toca, ela atende e:

— Ooooiiiiii! Saudade. E aí? Como é que tá?!

E você fica lá esperando o show de fofice acabar, sem saber o que fazer com a raiva.

Umas mulheres ainda têm a dignidade de ficar um tempo em silêncio depois de desligar. Outras nem isso. Desligam mandando um "beeeeeeeijo" e depois retomam exatamente de onde haviam parado.

— ... você morra. Nunca mais fale comigo!

Ao mesmo tempo, entendo que deve ser muito estranho você ligar pra alguém e a pessoa atender gritando que seria melhor você passar aquela noite num hotel, filho da mãe, escroto!

Homens estão sempre mentindo. É por isso que inventamos o juramento. Jurar nada mais é do que admitir: "Tudo o que digo é uma mentirada só, mas nessa mentira específica eu preciso que você acredite, para nossa relação poder continuar."

Sei que muitos homens dizem isso da boca pra fora, mas pode perguntar por aí. EU SOU CAVALHEIRO! Abro portas pras damas, deixo elas passarem na frente, presto atenção no que elas dizem. Mas, dentro das regras da etiqueta do cavalheiro, há uma que nunca entendi. É aquela que diz que o homem deve sempre andar do lado de fora da calçada, perto da rua, pra proteger a mulher caso um carro perca o rumo e avance sobre eles. Faz mesmo alguma diferença? Os dois vão ser atropelados de qualquer jeito.

Ou há alguma esperança de que o carro possa bater na minha coxa e quicar pra cima de uma marquise? Se isso acontecesse, poderiam passar a chamar minha mulher de Lois Lane. Além disso, o fato de eu ser atingido antes dela quebra a regra de primeiro as damas.

Na idade em que as mulheres querem ter uma criança, os homens querem sair com uma. Egoísta e acomodado, ele não quer ter filhos pra não precisar acordar de madrugada. Depois sai com uma garota que tem metade da sua idade, tenta acompanhar o ritmo dela e chega em casa de madrugada, exausto, quase infartando.

MUDAR? UM HOMEM? HAHAHA

O homem é uma espécie que não tem mais solução. Até o jeito que o homem espirra é irritante. As mulheres dão sempre aquele espirrinho preso, suave. Sai só um fiapinho de ar — "Psssiiii!". Já o homem quando espirra parece um samurai matando o inimigo — "Atchiaeaaeeeiiiii!!"

Algumas mulheres têm a ilusão de que estão colocando seus parceiros nos eixos. Estão nada! O mais longe que algumas conseguiram chegar foi convencer o marido a se vestir direito. Antes ele era um sujeito grosso, mal-educado e egoísta que só usava chinelo, bermuda e camiseta. Agora ele é um grosso, mal-educado e egoísta que se veste na Richard's.

E não adianta pensar que o seu homem é diferente. SÃO TODOS IGUAIS.

Nem os próprios homens conseguem se distinguir uns dos outros. Já viu homem assistindo futebol pela tevê? Quando o time dele vence, o sujeito grita:

— Ganhamos!

Ganhamos quem? Por acaso você jogou? Não foram os jogadores que ganharam e você só assistiu? Ou está achando que ficar sentadão no sofá com uma lata de cerveja na mão, xingando o Galvão Bueno, ajudou o time em alguma coisa? É como se uma mulher estivesse assistindo à novela, torcendo numa cena de amor, e de repente gritasse:

— Beijamos o Gianecchini!

Li que existem várias mulheres que se apaixonam por *serial killers* que estão presos. Um assassino. SERIAL! E que está PRESO. Realmente é muita esperança de que elas possam mudar um homem.

— Ah, menina. Comigo ele vai mudar, sim. Vai parar de fazer grosseria, de largar a toalha molhada no chão do quarto e de fazer abajur com pele humana.

Mulheres, acreditem: as chances de vocês conseguirem modificar qualquer característica negativa do namorado são pequenas. O homem odeia perceber que sua namorada está querendo transformá-lo e dificilmente escuta o que ela tem a dizer nessas horas. Mas isso não significa que ele não possa ouvir o que uma MULHER tem a dizer. Ele pode, claro. Só não aceita que essa mulher seja a dele.

Uma boa tática é se utilizar de uma amiga com credibilidade pra levar adiante a Operação Mudança.

É só dizer o que ELA deve dizer pra ELE.

— Amiga, com certeza ele vem com aquela calça horrível. Cismou com a porcaria da calça, nunca vi. Calça cafoooona. Eu vou elogiar a porcaria da calça, o que já vai deixar ele com um pé atrás. O desgraçado odeia tudo que eu elogio. Já você vai dizer que acha a calça péssima e que ela não está favorecendo ele, tá? Que ele devia jogar aquilo fora.

O único problema é o sujeito acabar se encantando com a tal amiga. Achar que ela, sim, o entende. Ela, sim, combina com ele. Os dois, então, acabam namorando e agora, finalmente, aumentam as chances de você mesma poder modificá-lo.

ELAS VIERAM PARA CONFUNDIR

O homem nunca sabe o que está se passando na cabeça de uma mulher.

Ela quer uma coisa, ele diz que vai dar.

Ela diz que não precisa, ele não dá.

Ela reclama.

As mulheres são uma comédia romântica sofisticada e os homens um filme de ação com o Dolph Lundgren.

Não é nem com o Van Damme, é com o Dolph mesmo.

Mesmo entre elas, as mulheres são complexas.

— Eu gosto da Regina, mas não confio nela, sabe? Ela não é boa pessoa, mas eu me divirto com ela.

Todas têm mil desconfianças, sutilezas, medo de a amiga colocar olho grande, mas, ao mesmo tempo, uma necessidade enorme de estar com ela.

Já o homem não. O homem só precisa de um amigo pra não parecer maluco, porque ele podia até ficar falando sozinho o dia inteiro. O assunto é sempre o mesmo. Por isso que para o homem é muito mais fácil fazer amigos. Vêm dois homens andando pela rua, um de cada lado. Um olha pro outro e diz:

— Vasco.

— Flamengo.

— Vamos tomar uma cervejinha?
— Vambora! Olha que gostosa que passou. Mas o teu Vasco, hein?

Mulher atendendo o telefonema de outra mulher (que ela detesta):
— Oi, amiga. Tudo bem, querida?
Homem atendendo o telefonema de outro homem (que ele adora):
— Fala, veado. E aí, babaca?

O AMOR E O PODER

A guerra entre homens e mulheres é uma guerra diferente. Um não quer destruir o outro. É uma guerra onde um quer conquistar o outro. E ficar junto. O único problema é que os dois lados querem acabar a guerra no poder.

Tem umas pessoas que são que nem roupa cara: você sabe que não é pra você, mas ela está ali, linda, não custa experimentar.

Homens são como táxis: é só fazer sinal que eles param.

As mulheres são seletivas e querem investir em alguém que realmente valha a pena. Mas ELAS precisam ficar atentas, porque ELES estão sempre tentando impressionar. Eu mesmo começo a achar que estou falando mal de nós homens aqui no livro só pra chamar a atenção das minhas leitoras.

A gente devia começar a inverter a cronologia das relações. Logo no primeiro dia, os dois passariam a tarde toda no sofá vendo televisão e reclamando da vida. E, só depois de alguns anos juntos, os dois passariam a trocar bilhetes e marcar jantares. Porque se ambas as fases vão acontecer mesmo, que a gente se livre logo de cara da fase ruim.

Aliás, falando em sair pra jantar, as mulheres não devem se iludir quando um homem paga a conta. Quando o cara tira uma coisa valiosa de dentro da calça, certamente mais tarde ele vai querer tirar outra. Que é valiosa ao menos pra ele, coitado.

As mulheres reclamam muito dos homens, mas elas sempre querem conquistar o cara mais lindo. Acontece que o mais lindo vai te deixar mal em algum momento. Ele vai te sacanear. Vai. Ele é lindo. Todas as portas do mundo estão abertas pra ele.

Aonde eu estou querendo chegar? No seguinte: eu acho que as mulheres deveriam começar a investir nos homens nerds. Ele pode ser feio, até meio cafona. Pode até ter canetas no bolso da camisa, tipo clichê de filme. Mas ele não pode te sacanear.

Ele sabe que é quase impossível conquistar outra mulher durante sua vidinha de nerd. Então ele vai investir tudo em você, te tratar como uma princesa. Pode pesquisar. Encontre uma mulher que namora um nerd e ela irá te dizer como o coitado é atencioso. Grato, podemos dizer. Afinal, ele nunca imaginou que um dia fosse ver um seio sem ser na internet ou apertando o *Pause* numa cena de filme.

Achar a pessoa certa é complicado. Você tem que estar sempre preparado pro momento, bem-vestido e perfumado. De repente o sujeito sai todo largado, com uma daquelas camisetas escrito "Bebo Todas" e dá de cara com a mulher da sua vida. É uma prisão: se você é solteiro, tem que estar sempre pronto. Um amigo encontra outro:

— Nossa, que roupa é essa? Todo arrumado. Entrevista de emprego?

— Não. Vou comprar pão aqui do lado.

O homem nunca sabe quando vai encontrar a mulher da sua vida. Sua alma gêmea. Então ele tem que estar sempre pronto, e no dia que isso acontecer ele tem que ter muita força e coragem pra olhar nos olhos dela e dizer:

— Pô, eu sou casado.

Nessa busca por alguém, as mulheres investem muito no cabelo. Mais de uma vez por semana. ESCOVA. Taí uma palavra que encanta qualquer mulher e assusta qualquer homem. Ele sempre associa escova a esperar por horas. O homem não consegue entender o valor de um cabelo escovado, o que é outra prova da sua máscula estupidez.

É só pensar no Japão, onde todo mundo tem cabelo escorrido, e ver como eles estão indo bem. Até porque lá as mulheres trabalham duas horas a mais que as de outros países do mundo. As duas horas que elas não perdem fazendo escova.

Mas tem que tomar cuidado, porque escova é que nem os Gremlins: se molhar, ferrou!

Muitas mulheres acham que ser loura ajuda em alguma coisa nessa busca pela pessoa certa. Aliás, como tem loura no Brasil, né? Mas é normal. Pensa só. Deve ser essa nossa mistura de português com índio e negro... DEU LOURA! Claro!

Isso é uma besteira. Os homens não preferem as louras. Os homens preferem as bundas. Ou alguém já viu um homem virando o pescoço quando uma mulher passa por causa do lindo cabelo dela?

— Rapaz, viu que tom de louro bonito? Lindas as mechas naturais. Isso não é Wellaton, não. Isso é natural dela.

Homens viram idiotas manipuláveis diante de uma mulher bonita. Feira de automóveis, por exemplo. Fica o carro rodando no stand e uma modelo de pernas de fora sentada no capô. O idiota manipulável pensa que uma coisa está ligada a outra, que com aquele carro ele irá atrair mulheres como aquela. Linda e de maiô. No dia seguinte ele estaciona o carro novo e, em vez de uma mulher como aquela, ele atrai é um flanelinha suado, que pergunta se pode tomar conta por dois "real".

O homem fica louco quando vê uma bunda. A verdade é essa. E tem aquelas bundas que são "bundas criadas em quintal". São umas bundas tão grandes que não dá pra criar em apartamento. Ou elas vão quebrando tudo — derrubam um porta-retratos aqui, um espelho ali... Nos tempos estranhos de hoje, a menina começa a desenvolver aquela bunda e a mãe já pensa:

— Vamos investir nisso. Temos que nos mudar para uma casa. Quem sabe não é o caso de a gente se mudar para um sítio?

PRIMEIRO ENCONTRO

Então o cara vai atrás daquela bunda e descobre... que ela é cercada de ser humano por todos os lados.

Um ser humano que ama.

Um ser humano que sente.

Um ser humano que pensa.

Um ser humano que vai querer sempre marcar um primeiro encontro.

O primeiro encontro de um relacionamento é sempre muito tenso. Fica ele mentindo feito um doido, ela FINGINDO que acredita feito uma doida. Um querendo mostrar pro outro que eles valem a pena.

A gente devia poder levar um currículo no primeiro encontro. Ia poupar tanta mentira e humilhação. O sujeito chegaria e entregaria um envelope para ela:

— Oi, boa noite. Tá aqui o meu currículo.

— Tô lendo aqui que você não se incomodava em sair pra jantar junto com os pais da sua ex-namorada.

— Pelo contrário. Eu adorava jantar com eles.

— Nossa. E você não reclamava de levar ela pra dançar?

— Adorava. Ficava a noite inteira dançando. Eu, ela e os pais dela.

— E não se importava de dormir numa cama de solteiro com ela?

— Nem um pouco. Às vezes dormíamos eu, ela e os pais dela. Todo mundo junto, cansados de tanto ter dançado.

— Olha. Seu currículo é muito bom.

— É bom, né? Vamos foder, então?

— Vamos, claro. Por aqui, por favor. Nessa sala.

Não é uma boa ideia? Pra evitar aqueles primeiros encontros onde os dois ficam agindo como um agente de viagens que tenta te empurrar um pacote para um lugar ruim.

* * *

E o pior é que antes de chegar nesse lugar ruim, você ainda tem que passar por todas as etapas dessa viagem.

BAD TRIP

Primeiro você tem que comprar a passagem — que é pegar na mão. Quando um casal dá as mãos pela primeira vez é uma sensação ótima — "consegui!" — tanto que eles não querem mais soltar. Já reparou? Fazem tudo de mãos dadas. Uns exageram. Pegam o pão do couvert de mãozinha dada, cortam a comida de mãozinha dada, chamam o garçom de mãozinha dada...

Depois você precisa conseguir o visto — que é o telefonema no dia seguinte. Os amigos que já passaram por isso costumam dar dicas:

— Se ele ligar, não deixa notar que você tava ansiosa esperando o telefonema. Finge que tem um monte de coisa melhor pra fazer. Não deixa ele achar que você tá desesperada.

Isso é o equivalente a:

— Se o pessoal do consulado te perguntar o que você vai fazer, diz que é viagem de turismo. Não deixa eles acharem que você quer morar lá.

Esperar um telefonema é uma das piores sensações do mundo. Eu não sei se você já ouviu falar da Jasmin Saint Clair, uma atriz pornô que transou com mais de trezentos caras numa única tarde. Mais de trezentos homens. No dia seguinte NENHUM ligou pra ela.

Mas o homem também passa por isso. E ele também não sabe o que fazer:

— Eu vou ligar pra Márcia e dizer que foi sem querer. Vou dizer que tem um monte de Márcia na minha agenda, ia ligar para outra Márcia e vi o número errado. Ela não vai acreditar numa bobagem dessas... Será que ela tá em casa? Vou ligar e dizer que eu tava no banho, o telefone tocou e achei que pudesse ser ela. Vou ligar e, se ela atender, eu bato na cara. Ela vai saber que fui eu... Eu podia ligar e dizer: "Ih, é você? Ai, onde eu tô com a cabeça. Liguei pra você sem querer. Achei que tinha outro número no redial..." Desculpa ridícula. Dane-se, vou fazer isso. Não. Não faz, não faz, não faz... Liguei! Mas ela vai me achar um palhaço! Caraca, tá tocando o telefone!! É ela!! É ela...

Ele atende:

— Alô... Vó?... Oi, fui... Saí... Fiz... Almocei...

Pior é quando o pretendente enfim liga. E a mulher não estava em casa pra atender. Fica na secretária aquele recado ambíguo. Você não sabe se ele está gostando de você ou não, se quer te ver novamente ou não. É um inferno. Você escuta várias vezes, chama os amigos pra opinarem, convoca cientistas, investigadores forenses.

Mulheres diante de um recado do cara com quem estão saindo parecem o personagem do Kevin Costner em *JFK*. Escutam a fita várias vezes, rebobinam e prestam atenção em cada detalhe. Uma hora você se pega ouvindo aquele mesmo recado pela milésima vez, de trás pra frente. Só falta fazer um remix!

— O que ele quis dizer com esse "oi"? Não foi "oi, amor" ou "oi, Ana". Foi só um "oi". Tem alguma coisa por trás desse "oi". Eu vou voltar a fita. Não, ainda não. Deixa eu ver se aquele "vamos fazer alguma coisa" não tem alguma ligação com o teor desse "oi". Afinal, "alguma coisa" é muito vago. A gente marcar um encontro só pra ele dizer que nunca mais quer me ver, por exemplo, é "fazer alguma coisa".

E, finalmente, nessa viagem para um lugar ruim, vem o embarque — que é dar o primeiro beijo. O momento antes do primeiro beijo é parecido com uma velhinha saindo da escada rolante.

— Tá chegando... Agora não tem volta... Lá vai... Foi... Ah!!!

O primeiro beijo é a chave que levará você a um novo mundo. Se o homem está com uma mulher e passa a mão no peito dela, certamente ele vai tomar um tapa na cara. Mas se a, digamos, carícia, é antecedida pelo primeiro beijo, pronto: aquele peito é todo dele. O primeiro beijo realmente abre porta.

AÍ A RELAÇÃO DECOLA...

...E você percebe que comprou aquele pacote de viagem na empolgação e nem se deu conta de que ia de classe econômica. Você podia ter se esforçado mais e arrumado alguém de primeira classe.

* * *

Às vezes as relações pulam de um estágio para o outro muito rapidamente. Você está começando a namorar, de repente estão se vendo sempre, até que acorda um dia e aquela pessoa tá ali do seu lado e aquela casa agora é de vocês e será que era isso mesmo que eu queria? Já? Meu Deus! A gente devia ser avisado dos próximos passos de uma relação. Como nos programas de tevê. "E no próximo bloco, você passará a dividir as contas com ela. Fique ligado."

NENÉM TERNURA

Existe um fenômeno do qual nenhum casal escapa. Basta os pombinhos começarem a ficar um pouquinho mais íntimos...

... e os dois começam a falar IGUAL NENÉM.

É automático. Você passa o dia inteiro falando normalmente com as pessoas. Basta sua namorada chegar que começa:

— Neném amor, neném fofinha...

É o dia inteiro. O sujeito sai com a namorada, encontra com um amigo na rua e corre o risco de falar neném com ele:

— E aí meu irmão, beleza?

— Neném beleza!

O sujeito tá numa reunião séria, toca o telefone e é a sua namorada. Ele tem que ir para um canto para poder falar com ela:

— Amor, tá todo mundo me olhando. Eu tô no meio de uma... Tá. Rapidinho, então... Neném saudade... Neném sentindo falta do outro neném... Agora eu é que não quero desligar. Desliga você! Você! Desliga você... Vamos desligar juntos, então. Neném 1... Neném 2... Neném 3... Desligando...

Segundos depois o telefone toca de novo:

— Ainda tá aí, neném?

E os outros executivos lá esperando e segurando o riso.

Lembro de um dia quando a minha empregada passou pelo meu quarto e eu tava falando com uma namorada. Ela pensou:

— Ai, meu Deus. O menino recebeu um erê.

E depois a coisa ainda piora mais. Você começa a falar das partes íntimas da mesma maneira.

— Neném vai botar o pininim na berera do outro neném...

Por que a gente faz isso? Bem, no caso das mulheres, eu até compreendo. Talvez no fundo elas pensem: "Esse é o único jeito desse idiota entender o que eu falo!"

JN COM O SOGRÃO

Uma das piores situações é quando você é adolescente, vai buscar a namorada em casa e ela está no banho. Putz... Você tem que esperar por ela assistindo ao *Jornal Nacional* com o pai dela.

A gente sua frio, os minutos não passam, os assuntos não surgem. Ainda mais num início de namoro, quando seu único assunto é o fato de estar comendo a filha dele. Como é que você vai puxar papo?

— Tua filha, hein? Danada.

Alguns pais proíbem a filha de tudo. Não deixam ela dormir fora, chegar tarde, viajar com os amigos. Isso é uma das maneiras mais fáceis de afastar a filha de casa. Se você quer ter sua filha por perto, libere-a para algumas coisas. É mais ou menos o que acontece em Cuba. Você proíbe muito a sua filha e, mais cedo ou mais tarde, ela acaba fugindo pra casa do namorado, que, nesse caso, é Miami.

EU TE AMO. PRONTO, FALEI

Homens têm quase pavor de se comprometer. Um dos vários motivos é a obrigação de dizer "eu te amo". Muitas vezes eles até dizem, mas aí a mulher reclama que "foi mecânico". Dirigir um dia fica mecânico, andar de bicicleta fica mecânico, lidar com computadores fica mecânico. Por que dizer "eu te amo" não ficaria? A gente sempre tem que inventar uma maneira nova de dizer "eu te amo". Se pelo menos a frase mais criativa ganhasse um prêmio.

A grande função do amor é fazer a gente só perceber as roubadas que enfrentou anos depois, quando ele já passou.

No início do namoro, transformamos qualquer coisa em um momento romântico. Mesmo os momentos ruins são românticos! "O carro quebrou no meio da estrada, tá chovendo, só nós dois aqui... Que momento romântico!"

É a fase, por exemplo, em que a gente inventa que tomar banho juntos é bom. "Tem sabão no meu olho", "Deixa eu entrar debaixo d'água", "Ai, que frio". Mas tudo bem... Estamos vivendo um momento romântico. A verdade sobre tomar banho juntos é a seguinte: enquanto um está numa boa, vendo gente pelada e curtindo a água quente, o outro morre de frio.

É comum usufruirmos momentos românticos durante o sexo. Acontece que muitas vezes só um dos dois está curtindo o momento. O outro, na verdade, está apanhando de uma cãibra.

Nessa época, queremos ficar colados um no outro o tempo todo, fazendo promessas. Não conseguimos fazer mais nada. O trabalho não rende. Acho até que, assim como existe a licença-maternidade, deviam inventar a licença-início-de-namoro, liberando o casal por alguns meses. Seriam poucos meses de licença — ninguém precisa de muito tempo pra notar que, em volta daquela caracteristicazinha que te atraiu na outra pessoa, há milhares de defeitos inaceitáveis. Mas pior que os defeitos inaceitáveis são os...

DETALHES TÃO PEQUENOS

Lembram do filme *A Mosca*? Muito mais nojento do que a transformação do protagonista em mosca é aquele primeiro cabelo duro, crespo, estranho, que nasce nas costas do personagem. Isso é um PEQUENO detalhe, entendeu?

São coisinhas aparentemente bobas. Tipo gente que quer botar um pouco de cada comida do prato na mesma garfada. Ela espeta a ervilha com um dos dentes do garfo, o cogumelo com outro e a carne com o terceiro. Aí pega um pouquinho de arroz e um pouco de purê. Nos primeiros jantares aquilo é fofo. "Olha que garfada colorida." Depois de um ano almoçando e jantando com aquela pessoa, você quer enfiar o garfo na jugular dela. Com ervilha e tudo!

Além de os pequenos detalhes serem os mais irritantes, você nunca sabe como abordá-los. Conheço um cara que de repente tomou ódio da namorada por causa de dois detalhes: ela dançava fazendo um biquinho ridículo e usava chapéu. Como é que você vai dizer isso pra ela? É mais fácil inventar que se apaixonou por outra ou que ela é mau-caráter do que falar do chapéu e do biquinho.

Depois de um tempo começam as brigas em qualquer lugar, por qualquer coisa. Lembro que uma vez eu fui acampar com uma namorada. A gente crente que ia ser um fim de semana daqueles e acabamos brigando feio. Barracas de camping são um péssimo lugar pra você expressar sua raiva durante uma briga. Não dá pra sair gritando e batendo porta, um clássico das discussões de casal. Fica ridículo gritar e sair fechando o zíper da barraca com força.

Como não tenho muito jeito pra conversas de relacionamento, sempre que brigo com a minha namorada eu compro um presente pra me desculpar. Eu escolho uma coisa bem cara e digo pra vendedora:

— Por favor, embrulha pra presente e NÃO tira o preço.

O mundo dos relacionamentos nos proporciona momentos inesquecíveis. Sempre lembro de um aniversário no qual uma ex-namorada me deu dinheiro de presente. Dinheiro? Isso é presente que se dê para um namorado? Tudo bem, quando eu era pequeno meu pai me dava dinheiro de aniversário. Meu PAI. Mas uma namorada? Era melhor ela ter me dado um cartão com um texto do tipo: "Nesses dois anos eu não aprendi nada sobre você. Então estou te dando esse cartão sem dedicatória. Aproveite a parte em branco aí do lado e faça uma lista de coisas que definem você como pessoa. No próximo aniversário, ela vai me ser muito útil."

O diretor de cinema Buñuel dizia que quando você não pensa muito em sexo, o cérebro fica mais apto pra outras coisas. Como, por exemplo, adquirir cultura. E é verdade. Eu mesmo li isso numa época em que era tímido demais, não comia NINGUÉM e ficava em casa adquirindo cultura.

E as festas das amigas da namorada? Os homens nunca querem ir nessas festas. Quando o sujeito ainda é solteiro, ele sempre vai às festas querendo saber: "Vai ter mulher lá?" Ele começa um namoro e a mulher sempre tem festas de amiga pra ir. Essas festas são sempre chatas pra ele. O coitado fica deslocado, não tem com quem conversar.

Aí ele passa a ir às festas querendo saber: "Vai ter algum homem lá?"

E ele acaba reparando em outras mulheres que não a dele. E pensa: "Pô, olha o monte de mulher que eu tô conhecendo. Se não estivesse com a Márcia, eu podia tentar pegar cada uma..." O que ele não se toca é que só está conhecendo aquele monte de mulheres PORQUE está com a Márcia, idiota! Não percebeu isso?!

Só existe uma coisa mais difícil do que conquistar uma mulher: separar-se dela. A maioria dos homens não consegue tomar a iniciativa de terminar uma relação. Por mais que esteja sofrendo, não aguente mais, ele fica esperando que ELA faça alguma coisa. Ele trai, fica mal-humorado, fica agressivo. Faz de tudo pra que ELA não aguente mais e diga que acabou.

Mesmo da empregada doméstica ele tem dificuldade de se separar. Homens não demitem empregadas. Eles deixam essa tarefa pras mulheres. Se dependesse deles, a empregada poderia largar tudo sujo na pia, deixar a casa toda empoeirada, jogar a comida em cima do sofá da sala e tacar fogo nos móveis. Eles continuariam deixando pra lá. O máximo que eles fariam seria passar a tratar a empregada mal e atrasar a diária, pra ver se ELA se toca e pede demissão.

Até o mais infeliz dos homens espera que a mulher tome a iniciativa. Um dia ela chega e diz que eles precisam ter uma conversa séria. Aliviado, ele pensa: "É AGORA." Mas a pauta era outra. Ela queria reformar o banheiro. E depois dessa conversa séria, não só ele precisará continuar fazendo de tudo pra ELA entender que eles devem terminar, como terá de se conformar com o fato de que a obra começa na quarta que vem.

Talvez seja pra não passar por esse tipo de coisa que hoje em dia muita gente prefira ficar a namorar. É mais ou menos como a diferença entre o fliperama e o videogame. O fliperama é aquela coisa rápida, dura algumas horas no máximo, um monte de gente em volta dando opinião, você aposta todas as suas fichas e seja o que for.

Já o videogame, não. Ele você leva pra casa, trata com carinho, com cuidado, são só vocês dois ali. Você aprende todos os macetes, os segredos, truques... Até que chega na fase final, você bate todos os recordes, se cansa daquilo e quer uma coisa melhor. Se bem que algumas pessoas ainda vão além e casam. Tudo bem, de repente ela quer ficar pro resto da vida com aquele ATARI VELHO.

FIDELIDADE ALTA

Eu não traio a minha mulher. Principalmente porque não tenho o menor saco pra ter uma amante. É complicado. Você tem que agir como um agente do serviço de proteção à testemunha.

— Seguinte: a partir de agora, você se chama Júlia. Se quiser falar comigo, me liga e dá dois toques. Aí eu te ligo de volta. Quando a gente sair do motel, você fica abaixada no banco do carona. Entendido, Márcia?

— Entendido.

— Não, maluca. Seu nome agora é Júlia.

Se a sua amante for atriz, uma boa ideia é você colocar ela pra fazer novela em outra emissora que não a Rede Globo. Tá provado que essa é a forma mais eficiente de sumir com uma pessoa.

O problema do adultério é quando descobrimos que... Adultério só passou a ser problema no dia em que um advogado... É... O pior adúltero é aquele que não consegue... Não consegue... Estou aqui quebrando a cabeça pra estruturar essa piada e não tenho a menor ideia de onde anda minha mulher.

Minha mulher cisma em falar comigo quando ainda estou dormindo.

Acordo tarde. Faço meu próprio horário. Mas **minha mulher** insiste em discutir assuntos sérios comigo antes de ela ir cedo pro trabalho. Ela está com um determinado problema na cabeça e resolve dormir com ele, o problema. Em vez de aproveitar pra discuti-lo de madrugada, quando estou no meu melhor, ela deita do meu lado e dorme com o problema. No dia seguinte, acorda e decide resolver antes de ir pro trabalho. E pra isso me acorda. Ou acha que me acorda, o que é totalmente diferente.

— Tá me ouvindo, amor?

E eu, completamente grogue de sono, me limito a responder algo como:

— hummmuyumnedfhg...

Dentro dessa sequência de vogais e consoantes que não formam nenhum significado, ela encontra algo que considera uma resposta. E assim resolve todas as suas questões numa conversa que poderia ter sido travada com a porta, pois daria no mesmo.

Além de resolver problemas, ela aproveita para falar coisas do tipo:

— Vou pegar o dinheiro que você ganhou com a peça essa semana e gastar tudo em maquiagem, tá?

No estado em que me encontro, essa frase ou a sensação de estar nu em uma sala de aula têm o mesmo efeito. Eu estou sonhando, não conversando.

É como perguntar qualquer coisa para um zumbi. Peça pra gastar todo o dinheiro que o zumbi juntou enquanto esteve vivo e ele vai continuar apenas andando na sua direção querendo comer seus miolos. O máximo que pode acontecer é ele tirar a carteira do bolso e jogar na sua direção. Peça pra gastar todo o dinheiro que juntei enquanto estive acordado e eu vou continuar apenas dormindo. Aí cabe a você entender isso como um "sim" ou como um "não". Mais tarde, já desperto há algumas horas, me dou conta:

— **Amor**, você pegou aquele dinheiro que tava aqui na gaveta?

— Você disse que eu podia — diz ela, com a cara mais maquiada do mundo.

Ela até pode gastar quanto quiser e no que quiser. Tudo bem, **eu a amo**. Mas eu não falei nada. Eu estava dormindo!

Quando ela vai entender que só o Freddy Krueger, de *A Hora do Pesadelo*, pode falar com alguém no sonho? É só tirar pelas vezes em que eu tava roncando e ela me cutucou querendo bater papo. Eu continuei roncando. Não houve comunicação.

Bem, o que importa é que este texto está aqui. É, porque um dia, antes de ir pro trabalho, ela chegou na beirada da cama e pediu:

— Coloca no livro algum texto que deixe **BEM CLARO** que você é casado, mora comigo e me ama? **E em negrito**!

E eu respondi que sim. Pelo menos foi o que ela me disse mais tarde.

Mas mesmo assim ela é muito ciumenta. Muito. O ciúme da minha mulher mudou meus hábitos. Eu gostava de sair para dar uma volta sem rumo certo. Coisa de autor. Agora tenho medo que ela me pergunte aonde eu fui, não acredite na resposta e dê problema. Ela nunca acreditaria que eu estava simplesmente andando por aí, sem um objetivo. Só andando. Eu preciso explicar cada saída e deixar bilhete. Bilhete? Um pouco demais. É só uma volta, não vou cometer suicídio.

Sempre que minha mulher põe na cabeca que estou interessado em outra, escolhe alguém que não tem nada a ver comigo. Aliás, eu me sinto um homem diferente em matéria de gosto por mulheres. Eu não me ligo, por exemplo, em marca de biquíni. Aliás, eu nem entendo essa fixação dos homens em marca de biquíni. O que será que se passa na cabeça do cara? Que tipo de associação maluca de ideias é essa? "Se ela pega sol sem protetor solar, deve ser uma louca na cama." Eu não entendo.

Outra coisa que as mulheres precisam se tocar é de que muitas vezes o ciúme delas é um verdadeiro alerta pros maridos safados.

— A Luana tá dando em cima de você.

— Claro que não — ele responde, pensando "uma mulher daquela NUNCA daria em cima de mim".

— Claro que tá. Eu tenho certeza. Minha intuição não falha. Eu vejo no OLHO da vagabunda.

E, nesse exato momento, o safado, que jamais imaginaria a tal da Luana como uma possibilidade, pensa:

"Opa! Nota mental: ligar pra Luana assim que minha mulher sair!"

* * *

Um amigo se separou recentemente. Antes de ser casado, ele vivia com os pais e agora está morando sozinho pela primeira vez. Um homem nessa situação descobre que não tem a mínima ideia de como funciona uma casa.

— Como assim tenho que comprar produtos de limpeza pra empregada trabalhar? Ela não traz de casa? É o trabalho dela. Que produtos são esses? Me ajuda!

Quando precisa ir às compras, então, é triste.

— Eu tô procurando aquele botão que tem no fogão.

— Qual deles?

— Um que gira.

— Todos são assim.

— É um botão importante. O moço disse que eu tinha que...

— Que moço?

— Esquece o moço, não vem ao caso. É aquele botão que controla alguma coisa importante. De temperatura. Calor. Sei lá.

— Termostato?

— Pode ser. Existe esse nome, né?

Nessa hora a vendedora olha para aquele sujeito desamparado e perdoa os homens por não terem ideia de onde fica o ponto G — um controle de temperatura muito mais sutil e complicado de entender o funcionamento.

Eu não consigo entender o sujeito que se separa da mulher pra se casar de novo com a amante. É como encontrar uma pá dentro da cela do presídio e cavar um túnel que vai dar em outra cela, de outro presídio.

E OS CASAMENTOS?

A loucura já começa nas daminhas. A criança passa a infância ouvindo frases como “não mexe nisso que isso é caro”, “larga isso, que é muito pequeno e daqui a pouco você acaba engolindo”. Passam anos e a menina vira daminha.

— Toma essa aliança de 10 mil reais e leva até o altar.

Deviam aproveitar que as daminhas estão ali perto pra encurtar o falatório dos padres.

— É o seguinte, seu padre. Vamos nos guiar pelas crianças, que são mais sinceras. Quando as daminhas começarem a bater o pé e a perguntar "Mãe, tá acabando?", você pula pra parte do "Eu os declaro marido e mulher", OK?

Cerimônias de casamento NADA mais são do que um monte de gente ansiosa pra ver se a comida da festa vai ser boa. Ou alguém presta MESMO atenção no que os padres dizem? A maioria das pessoas fica é reparando em outras coisas:

— Olha o terno do terceiro padrinho da noiva. A gola dele tá toda puída.

Os padres deviam soltar algumas frases de efeito no meio da cerimônia, pra testar a atenção da plateia:

— Então Ricardo conheceu Márcia e os dois se apaixonaram, apesar desse culote ENORME que ela carrega.

A igreja viria abaixo:

— Oohhh!!!

E o padre:

— Brincadeirinha. Eu só queria ver se vocês estavam MESMO prestando atenção.

E por que os padres insistem no juramento de fidelidade? Desistam desse tópico. Peçam pro noivo jurar coisas mais ao alcance dele, tipo deixar a noiva usar o controle remoto também.

— Ricardo. Jura deixar a Márcia usar o controle remoto de vez em quando?

— Quando não tiver jogo.

— E eu os declaro marido e mulher.

O maior problema dos casamentos é que, como a situação não tá nada boa, os casais só conseguem juntar dinheiro pra casar quando normalmente já estariam se separando.

Alguns casais marcam casamentos pra dali a quatro, cinco anos. Assim ATÉ uma encalhada pode marcar casamento.

— Gente, eu tô de casamento marcado. Vai ser daqui a cinco anos. Até lá eu arrumo o marido.

Li que a média de duração do casamento brasileiro é de onze anos. Eu tenho um casal de amigos que namorou durante nove anos e só então casou. É correr risco demais, não? Eu acho que deveria haver uma espécie de correspondente do noivado pro divórcio. O DESNOIVADO. Eu explico. O que é o noivado? É aquele estágio entre o namoro e o casamento. É quando você está namorando e a coisa parece estar ficando séria. Por isso existe a possibilidade de um casamento, mas ainda não é a hora certa de consumá-lo. Então você fica noivo e sabe que a qualquer momento pode casar, mas ainda não tem a responsabilidade de um casamento nas costas.

O desnoivado seria o estágio entre o casamento e o divórcio. Você está casado há um tempo e a coisa parece estar ficando desgastada. Por isso existe a possibilidade de uma separação. Então você ficaria desnoivo: saberia que a qualquer momento poderia se divorciar, mas ainda não teria a dor de uma separação nas costas. Você reuniria a família para anunciar:

— Nós estamos nos desnoivando.

Seus entes queridos iriam se preparando e, mais pra frente, não ficariam chocados quando soubessem que o seu casamento acabou.

Uma coisa que eu não entendo é por que a despedida de solteiro tem esse nome. De um lado fica a esposa, no chá de panela, cuidando da casa. Do outro, o marido, numa boate de strip-tease com os amigos, bebendo e traindo até tarde. Despedida de solteiro?! É exatamente essa que vai ser a rotina do casal dali pra frente. Despedida de solteiro deveria se chamar PRÉ-ESTREIA DE CASAMENTO!

Apesar disso tudo, quando os noivos se beijam, atendendo ao pedido do padre, ainda tem gente que se emociona. Os dois namoram há anos, se beijam todo dia, mas como é um casamento as pessoas precisam se emocionar. Se fosse na rua certamente iam comentar:

— Ai, que grosseria. Isso é lugar de ficar se beijando?

O casamento devia ser só a cerimônia e a festa em seguida. Depois ia cada um pro seu lado. Porque quando uma mulher conta que SEMPRE SONHOU EM CASAR, está dizendo que sempre sonhou em entrar numa igreja usando vestido de noiva e com a festa depois. Um tempo depois é que ela vai se dar conta de que existem outras coisas envolvidas: "A igreja estava linda, o padre era ótimo, meu vestido arrasou, a festa foi sensacional, os salgadinhos e os doces ficaram uma delícia... Mas será que eu aguento dormir com esse porco roncando pelo resto da minha vida!?"

A pior coisa num casamento é o passado da outra pessoa. Ciúme do passado é horrível. Sempre que eu encontro uma ex e estou com a minha mulher, depois ela pergunta:

— Achou que eu fui antipática o suficiente?

É MAIS FÁCIL SUPORTAR UM TOPLESS DA SUA MULHER DO QUE O PASSADO DELA. O ideal é começar um casamento como os agentes de *Missão Impossível* entram nas missões deles: sem que saibam nada sobre você. Se não você estará preso àquelas informações para sempre.

— Não, amor, hoje eu não tô a fim de sexo.

Aí o cara pensa: "Garanto que para aquele tal de Serjão ela nunca negava."

O passado é sempre uma arma infalível:

— Amor, vamos pra Nova York nas férias?

— Eu tô duro.

— Garanto que se fosse a Bebel você dava um jeito.

Quando as pessoas estão namorando e ainda moram separadas, elas querem se ver todo dia. Elas PRECISAM se ver todo dia. As contas de telefone são altíssimas. Aí você casa e pode deixar pra falar qualquer coisa depois, quando chega em casa. Ela vai estar ali do lado até que a morte os separe mesmo, não é? Pra que a pressa?

Quer dizer: O CASAMENTO É A FORMA MAIS EDUCADA
DE CORTAR RELAÇÕES COM UMA PESSOA.

PRESO NUMA OUTRA DIMENSÃO

Quando se cortam relações com o outro, o casal precisa fazer alguma coisa pra disfarçar o silêncio. Sair de casa é uma boa solução. Mas nem sempre é fácil. Antes de tudo, a mulher precisa se arrumar. Existe uma diferença entre uma mulher dizer que quer dar uma volta e dizer que está pronta pra sair. Na verdade, não é exatamente uma diferença. Melhor dizendo, é um grande hiato.

O leitor — e principalmente a leitora! — sabe me dizer o que acontece durante esse espaço de tempo? Será que vocês mulheres caem em um buraco negro? Entram em outra dimensão? Vão pra geladeira da Globo?

Eu sei que o tempo é relativo. Mas no universo feminino ele é relativo à enorme dificuldade de se decidir entre uma saia ou uma calça.

Esperar uma mulher se arrumar é algo tão angustiante quanto marcar a instalação da Net:

— Olha só, nós vamos estar estando aí entre nove da manhã e seis da tarde. O senhor vai ter que estar esperando o dia inteiro.

O engraçado é de vez em quando dar uma espiada na movimentação delas. Sempre chego à conclusão de que nada está acontecendo. "Na última espiada, ela tava sentada, com um par de meias em cada mão. Até dava pra imaginar o que é que estava acontecendo. Ela tava em dúvida, tudo bem. Essa meia ou essa? Mas agora ela tá parada entre a porta do armário aberta e a entrada do banheiro, com um pote de talco em uma mão e um sapato na outra. Um só. O outro pé não me parece estar por aqui. O que tá acontecendo, meu Deus? É o ensaio para uma performance de vanguarda?!"

Mas essa espera vale a pena, pois todas vocês ficam lindas sempre. E, dito isso, eu não perdi a simpatia das leitoras. Com essa frase, eu fiquei parecendo editora de revista feminina. Só faltou dar dicas pra pele e...

... FINALMENTE ELA FICA PRONTA!

Mas aí tem sempre o famoso "só mais um minutinho". Você já tá pronto há horas e decide esperar esse "minutinho" fazendo alguma coisa. Não dá mais pra ficar à toa. Ler o jornal. É isso. Não, ler o jornal não é fazer alguma coisa: é apenas ler o jornal. Talvez ficar mexendo no aparelho de som pra tentar entender por que o botão do volume não tá mais funcionando direito. Será? Pode ser. É isso. Isso é fazer alguma coisa: mexer no aparelho de som pra tentar entender por que o botão do volume não tá mais funcionando direito.

Pronto. É isso.

Ela acaba de se arrumar e vai pra sala. Vê você mexendo no aparelho de som pra tentar entender por que o botão do volume não tá mais funcionando direito e conclui que você não está esperando. Você está ocupado. Ocupado mexendo no aparelho de som pra tentar entender por que o botão do volume não tá mais funcionando direito.

Então ela vai fazer alguma coisa também. Não quer te incomodar enquanto você faz aquilo que eu não aguento mais escrever aqui. Fofa, ela vai ver se a saia caiu bem mesmo, ou ficar segurando o pote de talco entre a porta do armário aberta e a entrada do banheiro.

Dez minutos depois, ela vem irritada:

— E aí?

— Ué, eu tô pronto há dez minutos. Tô aqui te esperando.

— Eu também!

E, inacreditavelmente, os dois saem. Finalmente.

Mas, quando chegam na garagem do prédio, voltam pra ver se desligaram mesmo o gás.

CABEÇA DE FREQUENTADOR DE SHOPPING

A gente precisa sair. É uma obrigação. Nem precisa ter um grande motivo. Simplesmente pra podermos dizer a nós mesmos que estamos fora de casa. Se a gente fica em casa, acaba parando pra pensar. E isso ninguém quer. Nós sempre queremos uma casa mais ampla e confortável, investimos em móveis cada vez mais caros e sofisticados. E PRA QUÊ? Só pra termos mais espaço e conforto na hora de dizer "esse apartamento tá me sufocando".

Nós nos arrumamos, pegamos o carro e saímos pra procurar "um lugarzinho com ar-refrigerado e uma comidinha simples". Resumindo: com TUDO o que teríamos em casa. Com a diferença de que na mesa da sua sala você não precisa consumir qualquer coisa só pra não se sentir constrangido de estar ali. Não é isso o que acontece de vez em quando no shopping? Você está cansado de tanto andar e decide sentar num restaurante/bar/café. A sua ideia original era pedir uma água e só. Mas o garçom começa a te olhar com cara feia e logo você está pedindo mais alguma coisa.

A questão é sair. Pode ser pra qualquer lugar. Da porta pra fora, qualquer programa é válido. O campo de visão do olho mágico já é uma possibilidade. Se no hall do seu andar houvesse um sujeito com um isopor cheio de bebida à venda, você ficava por ali mesmo.

É só espalharem que um lugar é bom e vamos todos pra lá. Se ouvirmos dizer que tem fila na porta, então, melhor ainda. Todo mundo adora a ideia de que talvez NÃO CONSIGA entrar nesse lugar que todo mundo tá dizendo que é bom. O período que passamos na fila é mais um tempo que não estamos em casa pensando.

Um bom exemplo disso são essas pizarrias onde a pizza tem D.O.C. Alguém sabe o que é isso? A pizza pode ser uma porcaria, mas se colocarem essa sigla ao lado do nome do estabelecimento, ele lota. Talvez sejam as iniciais pra "jeito burguês de encarecer uma refeição" em algum dialeto italiano.

Já te aconteceu de estar em um lugar, olhar ao redor e se perguntar o que você estava fazendo ali mesmo? Eu já. Várias vezes. E depois ainda voltei. Tava na moda.

UM MUNDO SEM CÉU

De todas as possibilidades da porta pra fora, há uma que atrai casais, famílias e até pessoas solitárias. É o clássico cinema-e-depois-comer-alguma-coisa. Que nada mais é do que o shopping, né?

Passear no shopping é uma ideia curiosa. Você sai de casa pra espairecer e faz isso trancado em uma caixa fechada.

O conceito da maioria dos shoppings diz que eles devem ser absolutamente fechados, pra que esqueçamos que existe o céu. É um objetivo meio difícil de ser atingido. O máximo que um shopping fica aberto são 12 horas e isso definitivamente não é tempo suficiente pra que alguém saia dali e, assustado, grite: "Meu Deus!! O que é essa coisa cheia de estrelas lá em cima? Onde é que eu estou?! Cadê o teto? Eu preciso de teto!"

Se Deus fosse ao shopping e consultasse aquele mapa de lojas, estaria escrito "Você está aqui" em todos os pontos do mapa?

Eu estava em um shopping esperando minha mulher e um segurança veio reclamar que eu estava bloqueando a saída de emergência. Pô, mas é claro que se pegar fogo eu vou parar de bloquear a saída de emergência! Se você é inflamável, tem pernas e quer continuar vivo, jamais estará bloqueando uma saída de emergência durante um incêndio.

Os shoppings deviam ser mais espertos. Pra que assumir que uma escada rolante tá quebrada? Pô, o motor dela tá ruim, mas ela ainda te leva até o andar de cima. Só que o esforço agora é seu e não da máquina. Deviam aproveitar que malhar tá na moda e colocar uma placa: "Nossa manutenção é incrível. Nunca falha. Mas resolvemos desligar essa escada um pouco, pensando no seu coração. Que tal subir e descer quatro vezes, pagar cinquenta abdominais quando chegar no andar superior e depois comer uma saladinha na praça de alimentação?"

É fácil estragarem o meu dia. Eu estava andando pelo shopping quando anunciaram no alto-falante:

— Atenção, Márcia. Ricardo a aguarda no ponto de encontro, localizado no primeiro piso.

E não se falou mais no assunto. É um absurdo. Nos deixam preocupados, ansiosos, querendo saber se, afinal, a Márcia e o Ricardo se encontraram ou não, se deu tudo certo. Deveriam dar alguma notícia.

— Atenção, todos vocês que estão passeando no shopping. A Márcia encontrou o Ricardo, mas eles acabaram brigando. Ela pagou o estacionamento e foi embora. Ele está comprando duas calcinhas numa loja do segundo piso e pedindo pra vendedora não tirar os preços, pois quer impressionar a Márcia e tentar um sexo de reconciliação. Podem voltar a passear na boa, que eu tô sentindo que vai ficar tudo bem. Intuição, coisa minha. Eu sinto essas coisas.

Uma coisa que eu não entendo em um lugar onde há uma loja atrás da outra é essa tendência de juntar várias lojas numa só. Antes uma livraria era uma livraria, uma lanchonete era uma lanchonete. Agora as lojas têm café, mesinha, sofá, internet, livros, camisetas... No futuro talvez coloquem até colchões. Você vai poder levar pasta e escova de dentes, umas roupas e passar uns dias na Saraiva Megastore. Ou então eles vão criar uma loja que é absolutamente vazia. Ao entrar, o "vendedor" dirá para você:

— O quê que você quer? Pode dizer que a gente manda buscar.

E essa mania de colocarem massagistas no corredor do shopping? Que tipo de gente decide receber uma massagem no meio de um shopping? O quão estressado esse sujeito está para precisar de massagem ali mesmo, com todo mundo passando ao redor?

— Eu tô estressado. Preciso de uma massagem.

— Quer que eu ligue pro Tamashi pra marcar?

— Não! Eu preciso de uma massagem agora! Ou eu não vou conseguir chegar até o terceiro piso!

Enfiam o rosto do massageado naquele anel, que parece uma tampa de privada. É uma imagem triste. Por isso que o rosto está escondido, pra não vermos quem é o "enfiado na privada" e a humilhação não ser maior.

E colocam um fone de ouvido no sujeito. Deve ser pra ele não escutar a massagista reclamando:

— Que trabalho idiota. Odeio isso aqui. Não aguento mais apertar o ombro desse nojento. Olha, que saia bonitinha ali na vitrine. Ih, promoção.

"TÁ SAINDO OU CHEGANDO?"

A pior coisa num shopping é o estacionamento. O ideal seria se, enquanto a mulher está se arrumando, o homem fosse na frente procurar vaga pro carro. Depois ela iria de táxi e eles se encontrariam na fila do cinema.

Estacionamento de shopping só é bom se você estiver extremamente carente. Aí você chega bem cedo, estaciona seu carro na melhor vaga e fica em pé ao lado do veículo. Quando as pessoas passarem perguntando se você tá saindo ou chegando, é a hora de aproveitar e transformar aquilo numa conversa.

— Tá saindo, amigo?

— Não. Só tô só aqui parado. Qual o seu nome? Você gosta de cinema? E de sorvete? Então, tem essa sorveteria ao lado do cinema, a gente podia...

Estacionamento de shopping devia ter alguma coisa pra gente se distrair. Não sei, uns sorteios, um bingo, um *quiz*, umas strippers limpando uns carros.

Porque fica o coitado do motorista lá, procurando vaga, procurando vaga, procurando vaga, procurando vaga, procurando vaga, procurando vaga, procurando vaga, procurando vaga, procurando vaga, procurando vaga... E QUANDO ELE ACHA!... É DE DEFICIENTE FÍSICO.

A MISSÃO

Nesse momento o seu singelo passeio no shopping se transforma numa missão! E será ali, dentro do carro, diante da vaga pra deficiente físico, mãos suadas ao volante, que você precisará bolar uma ESTRATÉGIA pra cumprir essa missão.

O casal precisa dividir as tarefas, senão eles não chegam a lugar nenhum:

— Amor, faz o seguinte: eu continuo aqui procurando vaga, enquanto você vai pra fila da bilheteria, compra os ingressos, depois compra pipoca, refrigerante e corre pra fila da entrada! Se por acaso estiver lotado, liga pro meu celular. Eu passo ali na porta e você pula dentro do carro. Eu não vou nem parar, só desacelerar, mas não muito! Pois tem outra sessão no Leblon daqui a seis minutos! Vai, corre! Corre! Vai, isso aqui é uma missão!

— Tá. Mas me dá só um beijo...

— Tá louca?! Estamos sem tempo pra romantismo. Vai, vai, vai!! Isso aqui é uma missão!!

Só que alguns casais não sabem disso. Os dois estão saindo pela primeira vez, coitados, não têm experiência e cismam em fazer tudo de mãozinha dada.

— Esgotado... Esgotado... Ih, esse aqui também tá esgotado...

Dá vontade de parar os dois e gritar:

— Claro que está tudo esgotado. Larguem essas mãos e dividam as tarefas. Isso aqui É uma missão!

Você consegue entrar no cinema e a missão se complica. Somente uma dupla muito bem treinada consegue ver o filme confortavelmente. Primeiro um deles guarda alguns lugares ruins, só por garantia. Então o outro vai explorar o cinema em busca de lugares melhores. No entanto, o coitado que ficou guardando o lugar sabe que outros casais estão em busca de lugares bons também. E só acreditarão que tem mais gente com ele se o sujeito colocar bolsas, casacos etc. nas cadeiras ao lado.

— Tem gente aí?... Ah, tem uma bolsa...

Quando está com outros casais amigos, o casal em missão é obrigado a improvisar.

— Olha, amor. Aquela fileira tem uma blusa num assento, uma calça em outro, uma cueca no do lado... E no último lugar tem um cara só de meias.

De uns tempos pra cá tem lugar marcado no cinema. Eu sei que muita gente vai discordar, mas eu não gosto. Curtia chegar e escolher meu assento sem recorrer a um mapa. Por alguma razão, eu sempre escolho supermal naquela tela da bilheteria.

Fora que as senhorinhas ficam horas pra escolher e a fila vai crescendo. "J1. Não. J3. Não. H6. B2 é muito próximo?" Meu Deus do céu, o que é isso? Batalha Naval?! Deve ser a falta que o bingo faz. Depois que esse jogo foi proibido, é na fila do cinema que elas extravasam a necessidade de ficar falando números diante de uma máquina.

A cada ano que passa eles exibem mais trailers antes dos filmes. Chegará o dia em que você vai passar mais tempo vendo trailer e anúncio do que o próprio filme.

Antes de a sessão começar é exibido um vídeo com algumas instruções para os espectadores. O texto começa com "desliguem os seus celulares", que deveria ser a última instrução, claro. Porque as outras eu nem sei quais são. Não consegui ler, pois estava olhando pro meu aparelho enquanto desligava ele.

O filme começa e é como se você tivesse sido PEGO NO MEIO DA MISSÃO E LEVADO PRA TORTURA:

Primeiro tem aquele barulho insuportável de saquinho de amendoim sendo aberto. Depois surge o cara que fica lendo as legendas para o filho:

— "Vou enfiar essa foice no seu olho." Ouviu, filho? Presta atenção!

A tortura vai piorando, com aquela gente que fica tentando adivinhar a trama:

— Vai pular do avião, vai pular do avião... Não pulou!! Mas vai matar o piloto, vai matar o piloto... Não matou, meu Deus...

E o pior de tudo, que é aquele DESGRAÇADO que chega ATRASADO e passa NA FRENTE DA LEGENDA numa hora CRUCIAL da trama! É sempre quando o personagem está prestes a fazer uma revelação:

— Eu (PASSOU O SUJEITO) o Smith.

E você fica perdido:

— Ele passou no meio da frase! Filho da mãe. Agora eu não sei se o personagem ama o Smith, odeia o Smith, imita o Smith. Seja qual for a ligação dele com o Smith, eu tô perdido. Não tô mais entendendo nada. Posso até me desconcentrar... Aquela luz vermelha ali é a saída de emergência, a verdinha são os banheiros... Vou comprar um chocolate lá fora...

Eu tenho um problema. Preciso ver alguns filmes em casa, pra ficar voltando a cena quando não estou entendendo a trama.

— Ué, por que ela tá roubando esses documentos? O que ele tá fazendo em Berlim? Ele não tava na Austrália? Pra que ele tá arriscando a vida roubando dados desse computador? Vão matar ele. Não dava pra baixar isso em casa, no e-mule?

Aliás, uma coisa que eu não entendo é gente que detesta o Godard porque não entende os filmes dele. Alguém entendeu a trama de *Missão Impossível*? Ou de qualquer filme de espionagem já feito? Eu gosto de ver aquelas cenas de ação, mas nunca entendo o que está acontecendo.

Por isso eu acho que alguns filmes americanos deveriam ser só o trailer. Pra que ter tanto trabalho durante meses? As melhores cenas estão sempre no trailer mesmo. Nós perderíamos muito menos tempo.

Em dois minutos e pouco você teve adrenalina o suficiente. Agora já pode ir jantar.

Eu amo trailer de filmes americanos. A especialidade deles, aliás, é vender muito bem, melhor do que qualquer outra nação no mundo, produtos que os outros países fazem melhor.

Mas uma coisa me intriga no fascinante mundo dos trailers dos filmes americanos. Aquela voz que narra quase todos eles. Estranha, gutural. Dá a impressão de que ele grava as narrações numa caverna escura. Quando pequeno, eu achava que era um único sujeito que gravava a narração de todos os trailers, mas não. Como tudo do americano, eles desenvolveram um know-how específico. Os caras são escolhidos ainda cedo, crianças.

— Você tem uma voz boa. Não quer ser narrador de trailer? Quer? Ok. Então toma esses pacotes de cigarro. A partir de agora você vai fumar dois desses por dia. E de meia em meia hora vai molhar o cabelo e ficar no ar-condicionado.

Outro dia eu fui ver um longa-metragem em 3-D. O engraçado nesse tipo de filme é que ele não flui em função da trama, e sim da necessidade de mostrar os efeitos especiais tridimensionais o tempo todo. Uma pessoa chega em casa e taca a chave na direção da câmera com toda a força. Uma mulher vai fazer sexo, tira a blusa e joga na direção da câmera. Um assassino joga o machado na câmera. Ver filme em 3-D é que nem conversar com os seus pais: o tempo inteiro ficam jogando coisas na sua cara.

Quando vou ao cinema, gosto de ir em multiplex. Você sabe o que é. São aqueles cinemas que têm dezesseis, vinte salas — várias passando o mesmo filme americano. Acontece que eu adoro multiplex. Não sei o que é. Acho que eu me sinto poderoso pagando sete reais por um copo de Coca-Cola.

A quantidade de Coca-Cola que a gente toma, aliás, vem aumentando assustadoramente. O que antes era Coca-família, agora é Coca-adolescente-durante-um-filme-de-uma-hora-e-meia.

Quando eu era pequeno, a Coca família tinha um litro. E muitas vezes ela durava mais de uma refeição — DA FAMÍLIA! Agora um litro é a quantidade de UM COPO que UMA ÚNICA PESSOA toma durante uma sessão de cinema. Vai chegar o dia em que a gente vai poder comprar um latão de refrigerante com meio metro de altura e sair rolando ele pra dentro do cinema.

Se você tenta entrar num multiplex comendo, te barram na entrada.

— O senhor vai ter que acabar de comer o seu sanduíche do lado de fora, por favor.

Você pode comprar comida lá dentro, mas não pode entrar comendo.

— Ué, não pode entrar comendo?

E o funcionário te dá qualquer desculpa:

— Pode sujar o chão, senhor. Esse molho...

— Mas aí dentro vende cachorro-quente. Não pode sujar também?

— Não, pois apesar de custar 12,50 reais, o nosso cachorro-quente é seco feito o deserto. Fique com a entrada até o fim da sessão, por favor. Bom filme.

A política interna dos multiplex é muito exótica. Já chegou atrasado na sessão? Você chega e tem um funcionário só pra te dizer que não, você não vai poder ficar até o início da próxima sessão, para ver a parte que perdeu. Por que isso?

— Estamos querendo educar as pessoas. Não custa nada chegar na hora. Fique com a entrada até o fim da sessão, por favor. Bom filme.

Depois do cinema, vem a etapa final da missão:

— Onde a gente vai comer?

Aí eu sempre tenho uma questão muito complexa, que é:

BOB'S OU MCDONALD'S?

É uma dificuldade na hora de me decidir entre os dois. É como escolher entre filhos, com a grande diferença que eu espero que meus filhos não me causem problemas de coração. Fora que cuidar de filhos emagrece.

Nos shoppings eles ficam quase lado a lado, o que só piora minha confusão. Mas vamos tentar decidir qual dos dois. Uma coisa é fato. Comida com apóstrofo sempre engorda e faz mal, então o quesito "saúde" fica fora da decisão. São outros os fatores que pesam na escolha.

Em um dos quesitos, eles se equiparam. Tanto em um quanto no outro tem uma coisa que me irrita muito: a FOTO DE FUNCIONÁRIO DO MÊS. É um incentivo ou uma SACANAGEM com as pessoas que trabalham nesses lugares?

Poderiam dar um troféu, um broche, uma medalha, se fosse um incentivo. Mas não. Eles querem deixar o escolhido totalmente exposto e constrangido. Pra começar, as fotos são péssimas. Pode reparar que são tiradas sob luz fria. É tanta crueldade que, se bobear, eles batem essas fotos dentro de um elevador, naquela iluminação que é a pior inimiga da beleza humana. Pra que se revele cada espinha, cada imperfeiçãozinha do pobre do funcionário.

Poderiam ao menos dar um tratamento de Photoshop, que nem eles fazem com as imagens de sanduíches expostas acima do balcão (aqueles sanduíches são mais retocados que as fotos da *Playboy*). Mas não. Eles querem deixar o escolhido não só totalmente exposto e constrangido, mas também muito feio.

É o pior ângulo do ser humano: a foto 3X4. E ela é ampliada, emoldurada e pendurada em um lugar de destaque, pra que nenhum cliente perca a oportunidade de rir da cara do funcionário que supostamente mais se destacou. E escrevo "supostamente" porque nunca entendi o que faz um funcionário se destacar num serviço absolutamente mecânico. Ele prepara o sanduíche imitando o Chaplin em *Tempos Modernos*? Declama uma poesia pra cada trezentas batatas fritadas? Faz os nuggets imitando o Silvio Santos e sapateando? Como se destacar nesse serviço?

O critério de escolha do funcionário do mês deve ser o de pior nome. O gerente coloca todas as fotos em cima da mesa e analisa:

— Marcelo? Não, Marcelo é bom. Nome bonito, até. Daniel. Ricardo? Não, comum. E esse aqui? O que tá escrito? Val-de-nil-son... É esse!

É por isso que o funcionário do mês nunca tá na loja. Eles não aguentam tanta humilhação e fogem.

Poderiam colocar embaixo do nome os motivos que levaram aquele sujeito a se destacar. Mas não. Eles querem deixar o escolhido totalmente exposto e constrangido, bem feio e isso tudo sem nenhum motivo aparente, coitado.

Quando um gerente elogia um funcionário, ele fica desesperado:

— Ai, Deus, o que eu fiz pra ele estar gostando do meu trabalho? Não. Eu não quero ser funcionário do mês. Eu tô péssimo naquela foto. Eu vou queimar umas carnes, estragar umas fatias de queijo, rabiscar uns pães com canetinha... Ele tem que livrar a minha cara.

* * *

A foto do funcionário do mês é a única forma de alguém ser ao mesmo tempo um vencedor e um perdedor.

Mas o Bob's inovou. Eles não escolhem mais o funcionário do mês, e sim a Revelação Bob's. Repare que sacada de marketing. REVELAÇÃO BOB'S: VALDENILSON. Ãh? E daí? Que revelação é essa senão a de que muitos brasileiros não sabem escolher nome pra filho? REVELAÇÃO mesmo seria algo do tipo: "O Valdenilson está saindo com a ex-BBB Daniele. Os dois estão apenas se conhecendo."

Ou: "Vadenilson foi encontrado atrás da máquina de sundae praticando sexo oral no Marcelo e no Ricardo." Isso sim seria uma revelação!

— Aí, Valdenilson! Limpou essa mão antes de pegar no meu sanduíche, né?

Algumas coisas do McDonald's eu não entendo. Uma vez por ano anunciam uma promoção na qual você ganha um lanche de graça se eles não te servirem em um minuto. Um minuto contado no relógio.

Por que só nessa época eles são tão rápidos? O que acontece no resto do ano?

— Bem, durante a promoção a gente manda todos os funcionários pra casa e contrata os Globetrotters e alguns membros da SWAT.

E tem um fator que faz o McDonald's perder alguns pontos: eles se acham, né? Na bandeja deles sempre vem um jogo americano com textos divertidinhos pra você ler enquanto come, já reparou? Aquilo não é pra te entreter. Não. É pra você ficar com a cabeça baixa diante deles.

Eles se acham tão poderosos que acreditam ter o poder de ler a nossa mente. Você chega no balcão e começa o festival de adivinhação:

— Uma promoção número um com batata grande e uma torta quentinha, senhor?

Você está completamente afrontado, inseguro.

"Eu nem como carne vermelha, mas ela me ofereceu essa promoção com tanta certeza que agora não sei mais de nada."

A balconista te convenceu:

— Pode ser a número um, então, moça.

— E uma torta quentinha pra acompanhar, senhor?

— Pode ser. Torta, sundae. E me vê mais uma promoção número dois e uma número três também. AMO MUITO TUDO ISSO.

Uma pessoa tem que ter muita atitude e personalidade pra aguentar a barra de comer lá.

Outro exemplo de como eles se acham? No McDonald's, a gente tem que comer exatamente do jeito que eles decidiram em alguma reunião importante e definitiva. Você pede pra colocar mais queijo cheddar no sanduíche, por exemplo, e o funcionário fica até com medo:

— Ai, moço... Eu aperto um botão e cai uma quantidade de cheddar que o seu Ronald acha justa, entendeu? Eu fico com medo de apertar de novo e acontecer alguma coisa comigo. Coisas estranhas têm se passado aqui dentro. Outro dia um colega meu desapareceu só porque pronunciou a palavra "minhoca" aqui dentro.

Meu Deus. Eu não tô pedindo a paz no mundo, educação pras massas, igualdade de renda, uma televisão com nível melhor. Eu não pedi nada de mais, só queria um pouquinho mais de cheddar no meu sanduíche!

Fora que agora eles inventaram um cardápio saudável. Saladas, iogurtes, frango grelhado. Se eu quisesse comer saladas e grelhados, iria num restaurante de saladas e grelhados, pô! Uma vez que me propus a suportar aquele cheiro que fica na roupa quando você entra no McDonald's, é porque eu quero aumentar meu colesterol e meu nível de açúcar! É muita pretensão. Eles acham o quê? Que eu amo aquelas cadeiras desconfortáveis e aquelas paredes pintadas com cores berrantes, e não os sanduíches? Qualquer hora lançam o Mcarroz-com-feijão-ovo-bife-e-fritas.

— E por mais cinquenta centavos o senhor leva um potinho de farinha pra acompanhar, senhor.

* * *

Por essas, eu acabo fechando mesmo com o Bob's. Eu me identifico com o Bob's. Lá você pode trocar a carne bovina por carne de frango, acrescentar ovo, bacon, molho, mudar tudo. Fazer o que quiser. Vai chegar o dia em que você vai dar dez reais e o caixa vai te entregar uma chave e dizer:

— A cozinha é sua. Vai lá e fica à vontade. Só não suja muito, tá?

No Bob's, você pede um sanduíche e ele vem naquela bandeja toda suja, com restos de uns seis lanches em cima, dentro de uma caixinha toda engordurada e ferradinha. Parece que pisaram nela antes de te servir. E a caixinha é tão engordurada que você quase pode ver o sanduíche através dela. E sempre tem uma alfacinha tentando fugir lá de dentro. Aí, você fica com pena da alfacinha, abre rápido a caixinha e encontra o sanduíche todo torto, sofrido, se esticando como se estivesse fazendo alongamento. Ele joga o queijo para um lado, o molho para o outro, balança a cabecinha pra soltar todo o gergelim...

No Bob's a comida é mais humana. No Bob's a comida é mais gente. Feita na raça. Você vê que por trás daquele sanduíche há um ser humano.

Mais precisamente, há um brasileiro. Mais precisamente ainda, há Valdenilson, o boqueteiro.

Eu gostaria de ter dinheiro pra comprar uma franquia do McDonald's e me tornar o primeiro dono de McDonald's rebelde.

— Vê uma promoção número um.

— A partir de hoje a gente só faz espaguete ao sugo, meu filho.

— Eu vou querer um McLanche Feliz.

— Por quê? Você não parece feliz. Vai procurar uma terapia em vez de ficar engordando com essa comida.

— Me vê um Big Mac, um Quarterão, uma batata grande e um milk-shake.

— Pra viagem?

— Não, pra agora.

— Tá bom. Eu só vou te pedir pra você comer no fundo da loja, por favor, pra não enojar o resto dos clientes.

— Senhor, essa placa "Não dê gorjetas, dê sorrisos" já veio na parede da loja e ninguém aqui conseguiu arrancar ela dali. Mas ignore essa besteira: deixa um realzinho aí e eu peço pra ninguém cuspir no seu sanduíche com mais cheddar.

— Antes de fazer o pedido, me diz uma coisa: você viu *Duro de Matar*? Você não sabe como é triste ficar aqui atendendo. Eu preciso conversar com alguém.

— Eu vou querer um...

— Desculpe te interromper, mas a gente foi rebelde demais e essa loja está falindo. Não tem mais comida. Estamos vendendo, na verdade, as máquinas, os uniformes e as minhocas que ainda não foram trituradas.

Depois de quase dez minutos na fila nem tão grande de um restaurante fast-food, comecei a pensar na razão desse termo. "Comida rápida" seria a tradução literal. Rápida? Por quê? O atendimento não é rápido. A digestão dessa comida não é rápida. Talvez o nome se relacione ao tempo que esse tipo de alimento demora pra estragar. Dizem que um sanduíche do McDonald's dura no máximo oito minutos. Se um sanduíche demora esse tempo pra ser vendido, jogam ele fora. O curioso é pensar que, se ele for vendido sete minutos depois de ter sido feito, o cliente precisará comê-lo em um minuto.

Deve vir daí o conceito de *fast*, então. Você precisa comer bem *fast*, pra que ele se estrague dentro de você e não na sua frente. É o único caso no qual o que os olhos não veem o coração sente. Pior é que depois de escrever tantas críticas às lanchonetes fast-food, me aconteceu o mesmo que quando acabei de ver aquele documentário *Super Size Me*. Deu um desejo desgraçado de comer um daqueles sanduíches. Cabeça de gordo.

ESPERA EXPLOSIVA

E aqueles restaurantes, comuns em shoppings, que te dão uma plaquinha que se acende quando chega sua vez de ser levado à mesa? Nunca gostei disso. Eu me sinto sempre em um daqueles filmes, tipo *Fuga de Absolon*, nos quais presidiários de um futuro próximo recebem uma gargantilha que explode caso eles tentem fugir.

Talvez aquilo seja pra evitar que você faça alguma besteira.

— Muita gente ficou violenta depois de esperar por mais de uma hora por uma mesa. Então agora a gente dá essa plaquinha para os clientes. Se alguém ficar arisco, ela explode a pessoa.

Eu estava em um restaurante e entrou um garoto pedindo dinheiro pra poder comer também. Um menino de rua. O gerente tratou logo de enxotá-lo dali. Claro. Depois entrou uma mulher com cara de modelo de evento, sugerindo que eu adquirisse o cartão de crédito que ela estava anunciando. E o gerente deixou ela ficar o tempo que quis. Claro. Quer dizer, em restaurantes a gente só pode ser incomodado se a pessoa estiver pedindo uma fortuna para a gente. Dez reais não pode.

Existem algumas pistas pra gente saber quanto vai gastar num restaurante. Se nos anúncios do lugar, no cardápio ou em qualquer outro lugar aparece a palavra *cuisine*, se prepara que vai te custar caro. Já se eles usarem a palavra "refeição", vai custar mais ou menos. Dá pra pagar tranquilo. Agora, se eles usarem a palavra "comida", pode crer que vai ser bem barato. Mas em compensação você vai desembolsar o que gastaria no restaurante da *cuisine* em um pronto-socorro.

Uma coisa que me intriga é como os garçons sabem exatamente quem pediu o quê. Você tá numa mesa com nove, dez pessoas e, ao trazer os pratos, eles sabem exatamente na frente de quem colocá-los.

Será que eles têm uma tática para memorizar? "Filé à milanesa com purê: velha vesga de oncinha e dourado." "Peixe à doré: Cabeçudo de óculos." "Medalhão à piemontese: gorda com resto do couvert no queixo."

Eu como em qualquer idioma. É muito difícil eu não gostar da comida típica de algum lugar. Pelo menos até hoje isso não aconteceu. Mas comida indiana realmente não é pra qualquer hora. É muito boa. Mas é fooooorte. E já reparou como ela demora pra te abandonar? Dias se passam e você ainda sente aquele curry lá, dialogando com seus órgãos.

E tem outra coisa. Se ela não bate bem, não bate bem na hora. Não é o tipo de comida que vai esperar você chegar em casa. Não! Acho que é por isso que os indianos usam turbante. Vai que não tem papel higiênico no lugar? É só levar as mãos à cabeça e encerrar a piada mais escatológica que eu já fiz.

É sempre difícil chegar a um acordo sobre onde vamos comer. Um está louco por um sushi, mas o outro está de dieta e só pode comer salada. Um quer comer carne; o outro, frutos do mar; e um terceiro é vegetariano. A melhor saída é ir a um lugar tão confuso e indeciso quanto esse grupo. Um lugar onde se come de tudo ao mesmo tempo: a churrascaria.

PELO AMOR DE DEUS, EU NÃO QUERO BEBER MAIS NADA!

Há tempos que as churrascarias, cada vez mais comuns em shoppings, deixaram de ser um restaurante que serve apenas churrasco. As churrascarias hoje não concorrem mais entre elas, e sim com todos os restaurantes da cidade. Você entra em uma churrascaria e há uma mesa de saladas, uma de pratos quentes, a bancada do sushiman e uma grande chance de você acabar não comendo UM pedaço de carne sequer.

Mesmo pra mim, que sou um grande amante de comida, tem uma coisa meio assustadora em churrascaria. É o seguinte: em um restaurante normal, você pede um prato e vem um pedaço de carne, um pouco de arroz e outro acompanhamento, por exemplo. E é isso, tá bom, você ficou satisfeito. Pede no máximo mais uma sobremesa e um café. Em churrascaria, se você reparar quantos pratos fez ao longo do rodízio, vai ver que dá uns dez. Quer dizer, em poucas horas você come o que uma pessoa normalmente comeria ao longo de dias. Comecei até a fazer piada com isso.

— Hoje eu não tô com tanta fome. Vou comer só até quinta-feira.

— Nossa, como eu comi. Comi até sábado. Sem ser esse, o outro.

— Os senhores estão satisfeitos? Têm preferência por mais alguma coisa?

— Eu vou querer ir até uma quarta-feirazinha. Pra encerrar.

Em qualquer restaurante, pedir a conta indica que você terminou e está querendo ir embora. Na churrascaria, pedir a conta indica que chegou a hora de tentarem te empurrar mais uma sobremesa, um café e um licor digestivo.

O sujeito que inventou o sistema de churrasco rodízio deve ter acordado de ressaca no dia seguinte à inauguração e finalmente caído na real:

— Tudo bem, é muito legal essa história de as pessoas comerem até cair, mas a gente precisa lucrar de algum jeito. Já sei! Aumenta o preço da bebida!

É por isso que você mal sentou na mesa e já vem alguém te oferecer um coquetel sem álcool. Esse coquetel custa uns dez reais — sem álcool! Você não aceita e te oferecem no lugar um suco de 15 reais ou uma água de coco de uns 13. Será que não passa pela cabeça do garçom que talvez você queira um simples refrigerante (que custa quatro)?

Aí você dá um gole, um golinho na bebida, e já vem o garçom encher o seu copo. Fica um garçom rondando você só pra te induzir a beber mais e mais. De dois em dois minutos ele passa na sua mesa e dá uma sacudida na lata do seu refrigerante, pra ver se já pode te oferecer mais um.

É por isso que os donos de churrascaria colocam gelo no mictório. Como não pode ir ninguém ao banheiro atrás de você, para oferecer mais bebida, eles criaram essa mensagem subliminar. Você está lá, se livrando da quantidade enorme de bebida consumida, olha aquele gelo com xixi e, em algum lugar do seu inconsciente, registra: "Outro guaraná zero com bastante gelo... Outro guaraná zero com bastante gelo... Outro guaraná..."

* * *

E os acompanhamentos? Tem de tudo. Eles são muito criativos em churrascaria. Mas o rei dos acompanhamentos é sempre o bom e velho pastelzinho-te-enche-e-você-não-come-tanta-carne. Um gerente certo dia olhou para aqueles restos de carne sendo despejados na lixeira e pensou: "Peraí. Vamos jogar isso fora mesmo? Bem, primeiro temos que mandar moer. Depois... Hmmm... Carne moída não dá pra servir no espeto... Já sei! Pastel de carne, claro."

Um tipo que eu gosto é aquele que leva a família toda pra comer na churrascaria, se dá conta de repente de quanto vai gastar em um único domingo e acha que tem que fazer valer a pena. "Eu fiz o cálculo. Um quilo de picanha tá uns 15 reais. O rodízio aqui tá 36 por pessoa. Vocês vão ter que comer cinco pratos que nem o meu pra gente sair no lucro! O quê?! A senhora não aguenta mais, mãe? Então vai encher essa bolsa de bala na saída!"

A churrascaria é um lugar perigoso. Cheio de gente correndo para lá e para cá com espetos nas mãos sobre um chão escorregadio. O gerente tem que pensar muito antes de colocar alguém trabalhando lá dentro. O treinamento precisa ser severo. É como no exército. Não por acaso, eles têm uma hierarquia muito parecida com a militar.

Já reparou que em churrascaria sempre tem um garçom de quem a gente fica com pena, porque não aceitamos nada do que ele serve? É a tal hierarquia. O sujeito tem que começar de baixo, servindo coisas como peru com bacon e lagarto recheado, até chegar na picanha. Muitos garçons ficam traumatizados. Deveria existir acompanhamento psiquiátrico pra esses coitados. No divã, eles desabafariam:

— Assim que eu vim trabalhar aqui, só me davam pra servir aquelas coisas esquisitas que ninguém aceita. Eu ficava olhando os meus colegas servindo picanha, alcatra... Quem me deixava pior era um outro. O cara já tinha passado até da fase da picanha. Ele só tinha que ficar entregando comanda, dando boa-tarde e empurrando coquetel. O desgraçado passava por mim e só faltava me cuspir na cara. Foi me dando uma inveja, um complexo de inferioridade. Eu me escondia atrás da churrasqueira e chorava. Eu não aguentava mais servir peru com bacon!

O mais solitário dos homens é o que vai jantar sozinho em uma churrascaria.

Em uma coisa as churrascarias são imbatíveis. Os banheiros são impecáveis. São os banheiros mais limpos da cidade. Talvez porque poucos consigam chegar até eles. A maioria cai pelo caminho naquele chão engordurado. Um patinador campeão talvez consiga chegar facilmente ao banheiro. O restante de nós vive uma pequena aventura.

MALDITA EVOLUÇÃO

É horrível ir ao banheiro fora de casa, né? A gente fica achando que vai pegar alguma doença e por isso enche a tampa do vaso sanitário de papel. Ou então, pra não encostar na tampa da privada, faz um *plié* de balé e depois fica com a perna toda dolorida.

Eu sempre fui paranoico com esse negócio de cobrir a tampa do vaso com papel. Uso no mínimo meio rolo. Desde bem pequeno, eu tenho essa paranoia. Quando eu sentava no colo de Papai Noel em shopping, eu sempre enchia o colo dele de papel antes.

O banheiro é o lugar onde a tecnologia evolui da forma mais equivocada. Onde estava com a cabeça o IDIOTA que inventou aqueles jatos secadores de mão? Era tão bom quando a gente podia usar a tradicional e eficiente toalha. Agora temos que ficar um tempão com as mãos debaixo daquele vapor, esfregando uma mão na outra, e elas nunca ficam cem por cento secas. E o vapor dura pouquinho. Além de que não dá mais pra lavar o rosto. Quer dizer, até dá. Mas não dá mais pra SECAR o rosto. Vai fazer o quê? Abaixar e ficar esfregando as mãos na cara?

— Ai meu OLHO!!!!!!!!!!!!!!!!!!!!

O sujeito corre o risco de se queimar. Ou então de sair com o topete escovado. Quer dizer: você entra no banheiro VOCÊ, mas sai o Roberto Justus! Uns optam por secar o rosto com papel higiênico, o que é péssimo. Ele esfarela todo. Só um tempão depois você vai se tocar que está com a cara cheia de pedacinhos de papel.

E tem uns porta-toalhas de papel com aquela frase "mãos suavemente secas com apenas duas folhas". É um toque que estão te dando, né? Se usar mais de duas, você é irritado, nervoso, estressado (pelo menos foram os antônimos de "suave" que achei no dicionário). É um toque sutil, tipo o "você quis dizer" que aparece na tela do Google, quando você digita um nome errado na hora de dar uma busca. Educado, ele evita te chamar de analfabeto.

Outra coisa que eles cismaram de modernizar foram as torneiras. Antes elas abriam e fechavam normalmente. A água saía e você lavava as mãos, tranquilo. Agora você tem que ficar passando a mão naquela mira laser microscópica, lutando por um pouco de água. Outra torneira comum é aquela na qual você aperta um botão e coloca as mãos embaixo da água o mais rapidamente possível. A água cai durante pouquíssimo tempo. Você tem que ficar apertando e molhando, apertando e molhando...

Como se não bastasse tudo isso, ainda inventaram um design novo para as cabines onde ficam as privadas nos shoppings. Elas têm portas mais baixas, que terminam na altura da testa de uma pessoa normal. No caso de alguém mais alto, porém, elas ficam na altura do peito. Você entra na cabine e fica todo mundo te vendo. Para quem está do lado de fora das cabines também é horrível. As pessoas devem levar susto direto.

Você está no banheiro, se olhando no espelho e, DE REPENTE, surge uma cabeça de dentro de uma das cabines. Como um alvo daquelas atrações de parque de diversão no qual você dá tiros com água.

E ao mesmo tempo que tentam modernizar um lugar que servirá eternamente pra mesma coisa, mantêm algumas tradições que nunca fizeram muito sentido. Estou falando daquele sujeito que colocam vendendo bala em alguns banheiros. Fica você lá, com cara de alvo de jato d'água, e o coitado ali sentadinho, com uma caixinha de Hall's e outra de Trident.

Mas voltando às churrascarias, geralmente os homens gostam mais de rodízio do que as mulheres, o que faz total sentido. Em churrascaria é impossível discutir a relação. Aliás, o sistema de rodízio não te permite nenhuma espécie de diálogo. Ou você está de boca cheia ou sendo interrompido pelos garçons, que nunca param de servir. É um massacre.

Casal à mesa. Ele quem escolheu sair pra jantar num rodízio de carne. Ela está tensa diante dele, precisando desabafar:

— Marcelo, eu queria te dizer uma coisa séria. Eu acho que...

Chega um garçom:

— Picanha?

— Não, obrigada.

E ela tenta continuar:

— Eu acho que...

Outro garçom:

— Maminha?

E ela:

— Não, obrigada. Eu acho que...

E outro:

— Costelinha?

E ela:

— Não, obrigada. Eu acho que...

E outro:

— Peru com bacon?

E ela:

— Não, obrigada. Eu vou falar rápido, Marcelo, se não fica impossível. Eu quero terminar...

Chega o maître:

— Terminou? Posso trazer uma sobremesa? Um café? Um licorzinho digestivo?

CABEÇA

DE VICIADO EM CELULAR

Eu estava andando na rua e falando no celular. Conversava com a minha mulher, com quem, àquela altura, eu ainda não havia me casado. Logo as contas de telefone eram altíssimas! Olhei ao meu redor. Um gritava com alguém do trabalho. Uma falava com o namorado. Outro perguntava quem o estava procurando. Outra parecia falar com a mãe. Pelo menos sua impaciência subserviente indicava isso.

Eu voltava pra casa a pé e de repente vi que todos que dividiam a rua comigo estavam falando no celular. Todos. Tudo bem, a rua não era das mais movimentadas. Mas havia gente o suficiente pra que aquela cena fosse estranha e parecesse saída de um filme catástrofe onde toda a população foi afetada por uma mesma praga: o vício de falar no celular.

SEM MEU CELULAR, NÃO SOU NINGUÉM

As pessoas não vivem mais sem o celular. É inaceitável não ser "encontrável" hoje em dia. A qualquer hora, a qualquer momento, você tem que estar sempre disponível. Deixam recado e, se você demora algumas horas pra responder, já pega mal.

O celular virou uma parte de você. Praticamente um órgão do corpo humano. Um órgão vital.

Fiquei um tempo com o meu quebrado e as pessoas se assustavam ao saber disso.

— Como assim? Você tá sem celular?! Como? E você tá assim, bem? Feliz? Sem celular?!

A intensidade e a gravidade era a de quem perguntava:

— Você perdeu o fígado?! E tá aqui? Em pé? Vivo?

Meu sangue não havia parado de circular? Meu cérebro ainda funcionava? Meu coração batia? Sem celular? Como?!

Bem. Eu não faço exercícios regularmente. Não cuido da alimentação como deveria. E admito: não ligo tanto pro meu aparelho celular. Quer dizer, não estou falando que não ligo literalmente — poucas pessoas ficam ligando pro próprio celular. Eu não ligo pra ele no sentido de não dar importância, coitado.

Verdade. Sei que é imperdoável, mas é verdade. Posso ficar horas com ele desligado sem notar. Aliás, esse tempo em que fiquei com ele quebrado foi bem longo. Um mês, mais ou menos. E só me forcei a comprar um novo pois não aguentava mais ser tratado como um doente terminal. Eu sentia os comentários no ar:

— Aquele ali tá sem celular, coitado.

Como?!

As pessoas também não admitem que você não acompanhe as novidades em matéria de celular. Eu comprei um mais simples e ouço pedidos pra trocá-lo por um mais avançado a cada vez que o atendo.

— Você comprou esse aparelho? Isso é um absurdo.

— Mas ele liga, recebe, tá bom...

— Como? Esse tijolo? Ele não tira nem foto!

O que dizer dessa obsessão dos inventores por criar objetos que tirem fotos. De uns tempos pra cá é a nossa maior obsessão cotidiana: fotografar tudo o que vemos pela frente. Não precisamos mais da memória, agora temos uma pasta "minhas fotos" no computador. Não precisamos mais viver as coisas, apenas registrá-las. Com a evolução tecnológica, somada ao aumento da violência, um dia ainda inventarão um revólver que tira fotos.

— Perdeu, meu irmão. Eu tô armado. Passa tudo. Agora chega mais para a direita. Sorri, pô! Eu vou mandar essa pro *Notícias Populares*.

É uma pena que Freud não tenha presenciado o surgimento do telefone celular. Após anos de estudos sobre a inveja do pênis, finalmente ele teria a chance de ver um homem orgulhoso de poder dizer:

— O meu é menor.

Eu tenho um priminho que acha que a chamada vibratória do celular é pra gente surda. Fofo, né? Pela ótica dele, o surdo sentiria a vibração no bolso, atenderia o aparelho e diria:

— Foi mal, não vai dar pra gente conversar. Eu sou surdo. Mas me procure. Vamos conversar. Eu tô na esquina da Gárcia D'Ávila com a Prudente de Moraes e leio lábios.

Assim que chega a uma festa, se não encontra nenhum conhecido, muita gente tira o celular do bolso e liga pro primeiro número que lhe vem à cabeça. Como se pegasse mal você estar apenas parado e pensando. Não! A gente tem que estar trocando ideias com alguém, mesmo que seja alguém que não quis estar ali. Psicanaliticamente, podemos chamar de "complexo de conta de telefone barata". Uns chegam a fingir que estão falando com alguém no celular. Chegamos a um ponto em que nos sentimos mais dignos fingindo que estamos falando com alguém do que apenas parados olhando o movimento.

Se um maluco de rua desses que falam sozinhos achar um telefone celular perdido e passar a falar com ele no ouvido, não parecerá mais louco. Parecerá ocupado e com status.

— E essa roupa de trapos?

— Ah. Ele é estiloso.

O telefone celular está pro mal-educado assim como o revólver está pro assassino.

Liguei pro celular de um amigo meu e entrou uma mensagem me informando: "Esse celular não recebe esse tipo de chamada."

Bem, pra começar, a ligação não era a cobrar. De QUE TIPO de chamada eles estão falando? Quando liguei para ele, eu estava em pé, no meio da rua, discando normalmente com o dedão da mão que segurava o aparelho. De que outra maneira eu deveria ter ligado para ele? Deitado numa lancha em alto-mar e discando com o nariz, por exemplo?

O INIMIGO DO BANHO DE BANHEIRA

Antes do celular, nos idos de 1875, havia o telefone fixo. Ah, o bom e velho telefone fixo, aquele aparelho que tocava sempre que você entrava em uma banheira.

A invenção do telefone fixo foi movida a inveja. Em 1850 inventaram o banho de banheira. Imagine, na época, o impacto que causou no cotidiano das pessoas. E durante 25 anos as pessoas puderam tomar banho de banheira em paz. Apenas durante 25 anos.

Acontece que nesse tempo, Graham Bell, morrendo a inveja por não ter sido o inventor da banheira, ficou em casa maquinando:

— Eu preciso criar algo que atrapalhe essa invenção desgraçada. Um aparelho que faça um som insuportável sempre que alguém entrar em uma banheira pra relaxar!

E em 1875 ele conseguiu.

Mas foi uma invenção importantíssima, claro. Afinal, nossa necessidade de fofocar precisava ser estimulada e ninguém aguentava mais falar mal dos outros só pra quem estava por perto.

O telefone é muito útil, principalmente quando você precisa dizer urgentemente pra uma pessoa que quer ter uma conversa séria com ela pessoalmente.

Deve estar parecendo aqui que eu odeio telefone, o que não é verdade. Eu gosto. E muito. É uma maneira de você falar com alguém sem precisar oferecer uma bebida, sentar elegantemente ou mesmo estar vestido.

Você está ocupado, o telefone toca insistentemente e é engano. Por que o enganado nunca liga só uma vez? Ele sempre precisa ter certeza de que errou.

— Será que não é lá mesmo? Em todo caso, eu vou ligar de novo. Aquela voz que eu não conheço vai atender e não me custa nada dizer "ih, liguei errado" de novo.

E quando você liga pra alguém e a pessoa atende sussurrando? É um saco. Nos sentimos obrigados a perguntar, claro:

— Tá ocupado?

Eu já nem pergunto. Afirmo e desligo:

— Tá ocupado. Tchau.

A questão é: então por que atendeu?

Num futuro próximo, quando o Skype se tornar muito comum, milhares de amizades serão desfeitas. Para QUE a pessoa com quem estamos falando não perceba que não temos paciência para ela, não vai bastar mais só o tom de voz falso. Além de soar animados por estarmos falando com ela, vamos ter de PARECER animados.

Você sabe que saiu da juventude quando o telefone toca e você torce pra que não seja pra você.

VIDA APÓS O BIP

O ser humano é muito complicado. De vez em quando a gente odeia ficar sozinho. De vez em quando a gente não quer ver ninguém. E é pra resolver essa questão que existe a secretária eletrônica.

Comprei um telefone novo. Na hora de gravar o recado na secretária eletrônica, pensei que muito provavelmente jamais receberei um telefonema de uma pessoa que não saiba o que fazer após o bip. A essa altura, acho difícil que a gente aperte o botão de recados e escute algo do tipo:

— Que barulho é esse? O que eu faço agora? Tem alguém aí? Alô!

Também acho que não precisamos mais pedir pra pessoa que deixará o recado dizer seu nome, telefone e hora em que ligou. Dificilmente alguém vai ligar pra você e dizer:

— Me liga! É importante.

E você não tem ideia de quem é aquela voz.

Eu odeio deixar mensagem em secretária eletrônica. É horrível. Você nunca sabe se estão te ouvindo do outro lado da linha e rindo do seu tom de voz. Mas eu odeio ainda mais quando o dono da secretária deixa uma mensagem engraçadinha. Tipo aquele clássico: "Alô. Alô." E rola um silêncio de segundos. Aí você pensa que alguém atendeu e fala "alô". E logo descobre que era uma gravação te fazendo de palhaço.

Pior só quando colocam música no recado da secretária. É um saco, né? Pra quê? Será que essas pessoas ganham jabá de gravadora? Não precisamos e não queremos ouvir *Casinha de Sapê* toda vez que ligamos pra sua residência. Se você gosta demais de uma música, toque ela sem parar. Pra você mesmo. Não pra quem te liga, por favor.

Até porque às vezes as pessoas ligam numa situação de emergência. Imagina. Um sujeito acabou de ser esfaqueado, está perdendo muito sangue e liga pro melhor amigo, que mora ali perto. Precisa urgentemente de ajuda. A secretária eletrônica atende. Entra *Faroeste Cabloco*. E no final não é só o Santo Cristo que estará morto.

Nunca aconteceu de eu ligar pro telefone do carro de alguém, mas imagino como deve ser confuso o recado:

— No momento eu ESTOU em casa, mas assim que estiver fora novamente, a caminho de algum lugar, eu ligo pra você. Obrigado.

E quando você checa os recados na secretária e tem um daqueles recados enormes e lentos, em que o número do telefone da pessoa só é dito no final, de forma rápida e embolada.

"Oi, Fernando, não sei se você lembra de mim. O ano era 1982 e eu não passava de um..."(...)"Tô te ligando porque..."(...)"Então me liga, eu vou ficar em casa das oito até"(...) "meu telefone é 22987654 ou 99876543."

O quê?!

E você tem que voltar o recado inteiro. A pessoa podia pelo menos avisar no início: "Oi, Fernando, meu recado vai ser chato no início e objetivo no final. Vai pegando lápis e papel..."

"SE VOCÊ NÃO AGUENTA MAIS GRAVAÇÕES QUE PEDEM PRA VOCÊ DIGITAR VÁRIOS NÚMEROS, DIGITE 2."

Eu admiro a ousadia, por isso gosto de empresas que trabalham com telemarketing. O telemarketing é como se a empresa estivesse dizendo "nós somos chatos e inoportunos e ainda assim queremos que você adquira nosso produto". Isso não é extremamente ousado? É como um artista que agride a plateia pra saber até onde é amado pelo seu público. É transgressor. Revolucionário, até.

Imagino como devem ser as entrevistas de emprego dos operadores de telemarketing. O chefe não deve querer saber das experiências profissionais anteriores, pedir pra preencher ficha, nada. Deve apenas entregar um pedaço de papel e dizer: "Esse é o meu telefone e em princípio eu não gosto de você. Agora me liga, encha o meu saco e me convença de que o emprego é seu."

Mas no fundo eu tenho pena dos operadores de telemarketing. Quando repassam uma ligação, demora tanto que eu imagino que eles devam estar muito, muito longe uns dos outros. E trabalhando num lugar totalmente isolado, coitados. Na ilha de *Lost* talvez.

Outro dia eu liguei para uma empresa para reclamar de uma das atendentes de telemarketing deles. O sujeito que me escutava do outro lado da linha perguntou se eu não queria que a atendente em questão viesse até o telefone e me pedisse desculpas. Constrangedor, né? Que situação.

Eu disse que não era preciso, mas ele insistiu. Como eu não sei dizer não, acabei topando. Ele me pediu pra esperar na linha que a atendente me pediria desculpas na sequência. Depois de quarenta minutos esperando, eu bati o telefone. E liguei pra lá de novo, agora pra reclamar de duas pessoas.

KBÇA
DE INTERNAUTA

A internet é como aquela pilha de livros que você nunca vai ler, mas gosta que eles estejam por perto.

A criação da internet resultou da necessidade de as forças armadas norte-americanas manterem contato caso ataques inimigos destruíssem os meios de telecomunicação convencionais.

Já a qualidade de conteúdo na internet é baseada no velho ditado da agulha no palheiro.

Mas eu adoro internet. Eu escrevo sempre com alguma janela do Windows aberta no computador. A internet é mesmo um símbolo do nosso tempo. Quem diria — há alguns anos — que poderíamos digitar uma palavra no computador e ter acesso a tanta informação que não diz absolutamente nada de importante sobre o assunto que nos interessa?

Na infância, quase todo mundo fez aquela brincadeira cretina de tocar a campainha de alguém desconhecido e sair correndo. Era o estranho prazer de interferir na vida de uma pessoa sem poder ver a reação dela. Talvez venha daí o embrião do nosso amor pela internet, um lugar onde você faz o que quer com pessoas que nunca verá.

Na internet você pode deixar de ser baixinho e ter um 1,90 metro, pesar 200 quilos e se descrever como malhado, ser careca e falar do seu cabelo liso. Você pode mudar de raça, de situação econômica, ser o mais poderoso, o dono do mundo, o mais lindo, o mais importante e sofisticado. Até que sua conexão cai e você volta a ser dependente daquele cara suado, que ficou uma eternidade sentado diante do seu computador por oitenta pratas a hora. E não consertou nada direito.

Cuidado com a internet, esse universo louco onde, sem nem saberem quem você é, querem te convencer de que seu pênis precisa ser alargado.

Eu não entendo o raciocínio de quem faz anúncio virtual. Você entra num site de pornografia e logo aparece um anúncio de Viagra. Até aí tudo bem. Mas outro dia eu estava fazendo uma pesquisa sobre o filme *Lavoura Arcaica* e surgiu um anúncio de... Pôquer on-line! Existe alguma conexão entre esses dois assuntos e sou em quem não está percebendo?

Se eu ainda estivesse pesquisando sobre *Cartas na Mesa*, do Fernando Sabino, tudo bem.

Às vezes fico horas pesquisando na internet e depois me sinto tão informado quanto quando meu médico está atrasado e fico folheando revistas velhas sem ler nada, só vendo figuras.

A internet é o lugar onde você se isola pra falar com o mundo todo.

A internet veio pra facilitar várias tarefas cotidianas. O plágio, por exemplo.

Às vezes, navegar pela internet é como andar de trem fantasma. Você passa pelas coisas mais bizarras e assustadoras, mas no fundo sabe que está seguro.

Sabendo que um dia jovens de 16 anos provavelmente terão permissão pra dirigir, um amigo meu ficou com raiva.

— Eu tive que esperar até os 18 pra dirigir pela primeira vez. Agora eles que esperem.

Taí algo com que eu ainda não havia me deparado: sentir inveja em relação a algo que já passou. É uma espécie de inveja na máquina do tempo. Pensei nisso e descobri uma coisa que me faria sentir de modo parecido: escolas informatizadas. Especula-se que no futuro os estudantes não possuirão cadernos. Que inveja. Na minha época, tínhamos que usar uma lupa pra colocar toda a matéria em um pedaço de papel ou escrever a cola no tênis. Os alunos do futuro poderão colocar tudo num site. Que prático. Na hora da prova, é só acessar www.coladequimica.blogspot.com e pronto.

Na primeira vez que ouvi falar em internet, fiquei chocado e empolgado ao mesmo tempo. Achei incrível, surpreendente. Na ficção científica, nunca ninguém havia nem especulado sobre algo parecido com a internet. Falaram em naves espaciais, robôs, computadores que pensam quase como humanos, máquinas de teletransporte. Mas nunca li um livro ou vi um filme do gênero onde um personagem mandasse um e-mail pra outro.

"Olá Kirk tudo blz com vc?

Estou te mandando esse e-mail pq achei muito estranho esse tal Khan Noonien Singh.

Me mande um reply diz o q vc acha.

Entrarei no msn + tarde

Spock"

A internet está mudando a cabeça das pessoas. Eu, por exemplo, levei 24 anos pra ver o primeiro asiático nu.

Alguns spams são realmente bizarros. Tem um que eu recebo muito, quase todo dia, me informando que fui agraciado com um green card. Assim, do nada? Um green card? Então, seu eu quiser, amanhã mesmo posso me mudar pra Ohio? Ou Nova York? Pessoas do mundo inteiro casam com quem nem amam, se escondem da imigração nos fundos de restaurantes sujos, fazem de tudo por um green card e o meu eu ganhei assim? Por e-mail? Sem esforço algum?

Outros três que eu recebo diariamente são: "perca peso", "compre remédios com desconto" e "alargue seu pênis". Todos de remetentes americanos. Bem, pensando pela ótica conspiratória deles, começo a achar que querem me transformar num garoto de programa latino, com o peso ideal, drogado e não clandestino.

OPS, EMOTICON ERRADO

Você já usou o MSN e no meio da discussão se tocou que sua coleção de emoticons não combinava muito com uma conversa séria? É tão ridículo. Eu estava quebrando o pau com uma ex: "Vc eh doida, cara. Eu ñ sei mais o que te dizer. Pra mim chega..." Mas em vez de reticências surgiram três bolinhas rodando e mandando beijos. Pelo menos eu abreviei o "não" pra "ñ", e a poupei de ficar vendo o Homer Simpson falando "don't!!" numa frase de término de relação.

Alguém sabe como é que fazemos pra desativar esses emoticons? Porque aquele ícone do sujeito batendo na mesa e gritando "chega" tá irritando até a mim. Eu fiquei um tempão escolhendo sinônimos pras palavras que viravam animações, pra evitar mais desse tipo de constrangimento. Foi a discussão mais longa da minha vida.

Mas ela também não deixou por menos. No final, falei que então era isso, que a gente se via por aí, que tava tudo acabado.

E ela respondeu com um ícone do Sérgio Mallandro fazendo glu-glu. Até hoje eu tô tentando entender o que ela tentou dizer.

No MSN, você pode colocar uma frase no seu perfil. E meus amigos costumam usar essa possibilidade para dizer como estão se sentindo. Eu adoro ficar vendo como as pessoas se expressam naquele espaço. "Obrigado, Senhor, por esse amor todo que eu sinto." Adoro. Algumas coisas são muito cafonas, e tem um monte de amigo virtual que vai ler esse trecho do livro e se irritar comigo. Mas seguem alguns dos meus preferidos:

"Hoje eu sei que posso."

"2011 é o meu ano. Aí vou eu."

"Sou água mole e tanto bato até que furo."

"Me mira, mas me erra, se eu ficar marolando contigo eu perco a guerra."

Essa é demais:

"Sou fera, sou bicho, sou anja, sou mulher."

Outro dia uma pessoa escreveu o seguinte: "Desisti. O mundo é cruel demais e não tô podendo." Acho sensacional. A pessoa tá mal, deprimida, desistiu da vida. E o que ela pensa? "Pô, vou no MSN dividir essa angústia com todo mundo. Eu desisti da vida, não de teclar."

Eu nunca fui sensível o suficiente pra encontrar uma pessoa na rua e sacar rapidamente seu estado de espírito.

— E aí? Pô, você tá com cara de quem quer a sorte de um amor tranquilo com sabor de fruta mordida, hein?

Ou seja, o MSN facilita nossa vida.

DE BOBEIRA? CRIE UM BLOG

Lembra quando surgiu essa mania de blog? Eram matérias e mais matérias sobre o assunto. Todo mundo que não tinha nada pra fazer criava um blog pra contar o que andava fazendo.

Experimente escrever "hoje eu não fiz nada" no Google e você encontrará quase todos os blogs que existem.

No mundo virtual surgiram vários escritores. Blog era um lugar onde você escrevia vários parágrafos sobre suas olheiras e um monte de gente achava lindo. Amizades eram feitas. Eu conheço um cara que criou um blog e virou a pessoa mais popular que já vi. Ele fez vários amigos. Só não conheceu nenhum.

E-MAIL, A SALVAÇÃO

Já aconteceu algumas vezes de eu ter uma conversa séria com alguém, mas deixar pra dizer as coisas mais difíceis mais tarde. Por e-mail. É impressionante como a internet aumenta, e muito, a nossa coragem. Depois de horas discutindo olho no olho, chego em casa e digito: "Sobre a nossa conversa de hoje, o mais importante eu não disse. Seguinte..." E então teclo as linhas mais corajosas e cheias de hombridade possíveis.

SEXO VIRTUAL

Sexo na internet é traição? Se não fosse, não existiria o botão "Limpar histórico".

— Ih, deixa eu apagar o meu histórico. Não quero que minha esposa saiba que eu andei lendo o jornal on-line.

Ninguém jamais apagou seu histórico por um motivo desses. Um Windows honesto mudaria o nome dessa ferramenta pra "Limpar os endereços de sacanagem e pornografia".

E um Windows eficiente de verdade identificaria automaticamente quando o usuário esteve em páginas desse tipo e substituiria os endereços por outros como www.wikipedia.org/fidelidade ou www.amominhaesposa.org.

Sexo virtual é algo bem estranho. E se do outro lado, em vez de alguém atrás do mesmo tipo de prazer que você, houver na verdade um bando de cientistas do comportamento humano? Ou agentes do FBI? Pensando bem, o seu prazer seria o mesmo, né?

O bom do sexo virtual é que ele nos faz ler mais.

A vantagem do sexo virtual é que, se você pegar algum vírus, basta chamar um técnico em informática e reinstalar o Windows. O Norton AntiVirus é a camisinha do computador.

Outra vantagem do sexo virtual é você poder se relacionar com pessoas perigosas, um fetiche que muita gente tem. Presidiários, por exemplo. Existem mulheres com essa tara. E elas podem fazer sexo com um sujeito que está acessando a internet da cadeia (e o mais estranho é a naturalidade desse texto em relação ao fato de haver computador na cadeia).

ENVIAR RELATÓRIO DE ERRO?

É muito assustador o fato de um bandido poder comandar o crime de dentro da prisão através da tecnologia. Antigamente, ao ser preso, ele tinha direito a um telefonema. Hoje isso mudou muito. Por quatro maços de cigarro mensais, ele tem direito a um plano que inclui tevê a cabo, celular, telefone e acesso ilimitado à internet.

— E aí? Tá ligando pros cara do tráfico pra mandar fechar o comércio?

— Depois. Peraí. Eu tô ligando pra Net. Quero todos os canais do Telecine.

Não sou muito bom em informática. Toda hora meu computador trava, pifa, dá algum problema e aí aparece aquela janela me perguntando se eu gostaria de enviar um relatório de erros pra Microsoft. Isso é sério? Esses relatórios realmente vão pra algum lugar? Não, né? Eu clico pra enviar esses relatórios há anos e nada acontece. Envio uma média de três por dia, pelo menos.

Seria o suficiente pra entrarem em contato comigo por e-mail, perguntando se eu gostaria de uma ajuda. Ou se eu não prefiro voltar pra máquina de escrever, sei lá. Se realmente existe um técnico da Microsoft recebendo esses relatórios, ele tem um dos melhores empregos do mundo. Passar o dia inteiro lendo e rindo.

— Ih, o otário do Ceylão perdeu os textos dele de novo, coitado.

Por que os técnicos em informática nunca vão embora? Veio um aqui em casa consertar o meu computador outro dia. Ele chegou às seis da tarde e foi embora onze da noite. E ele nem cobrou por cada hora! Não era um golpe. Fiquei pensando. A coisa que ele mais gosta é mexer em computador. E o emprego dele é mexer em computador. Então ferrou.

"Pronto. Já tirei o vírus, recuperei o HD e coloquei mais memória. Mas vou pedir mais um copo d'água e ficar mais um pouquinho aqui. O que eu posso fazer pra enrolar? Vou tirar o Norton e instalar de novo. Ai, adoro."

CABEÇA
DE APRESSADO

EU TÔ A MIL!

Encontro um amigo na rua. Não nos víamos há um tempão. Eu me mostro interessado em sua rotina e pergunto o que ele tem feito. Ele responde:

— Eu tô a mil, uma loucura. Tô correndo agora pra...

Na verdade, essa pergunta sempre está relacionada ao que a pessoa anda fazendo nos últimos tempos. Mas ele respondeu o que andava fazendo NAQUELE dia. E listou os vários compromissos que o estavam deixando daquela maneira aflita. Por outro lado, ele parecia absolutamente feliz com a agenda lotada.

Só nas horas seguintes ele teria duas reuniões, um almoço de negócios e ainda precisava devolver um material relacionado ao seu trabalho. E sei lá mais o quê, eu nem lembro. Era tanta coisa. E ele me contou isso tudo enquanto atendia um de seus dois celulares.

— Vamos tentar marcar a reunião pra essa semana? Eu te ligo. Tchau.

E a impressão que dava era de que a pessoa do outro lado da linha estava fazendo jogging enquanto falava com ele, tamanha a pressa. As pessoas adoram não ter mais tempo. Nunca encontrei alguém que dissesse algo do tipo:

— Eu tô todo enrolado, sem tempo pra nada. Tô odiando estar assim.

Não. Ele estava adorando estar daquele jeito. Pega bem estar ocupadíssimo. Apressado, esse meu amigo mal conseguiu parar pra me cumprimentar. Mas, educadamente, tentou demonstrar interesse em saber o que eu estava fazendo.

— Nada. Eu tava dando uma volta — respondi, de cima do meu chinelo.

Vi que ele ficou tenso. Se não estava fazendo nada, eu tinha tempo pra conversar um pouco. E aí notei por que necessitamos tanto desse monte de compromissos. Precisamos de desculpas pra não ficar muito tempo dando atenção para o próximo. Imagina. Uma pessoa que sai de chinelo à tarde tem todo o tempo do mundo pra falar e ouvir. E isso é perigoso.

Ele teve presença. Olhou rapidamente ao redor e, vendo a bancada de uma loja de chocolates caros, sugeriu:

— Vamos tomar um café.

Eu poderia não ter me tocado que ele estava a mil e arrastar aquele papo de quem não se vê há anos por horas. Mas ao propor um café, ele estava estabelecendo um limite pro nosso reencontro. Quando queremos combinar de conversar com alguém, mas não temos todo o saco do mundo, marcamos um "café".

O "café" não é a bebida. O "café" é a conversa com tempo contado.

Se marcarmos uma caminhada — "A gente podia dar uma volta pelo bairro enquanto vai conversando" — esse papo pode não acabar nunca. "Andar por aí" é um encontro que pode demorar dois quarteirões ou a cidade de ponta a ponta, sabe-se lá.

Se marcarmos um almoço, a conversa vai levar no mínimo uma hora. Você chega e vem o couvert. Depois pede o prato. Comem. Falam. Em seguida, é a hora da sobremesa. E no final ainda tem um café. E esse não é o "café", e sim o "desfecho de almoço". Ele vem com uns biscoitinhos e pode demorar.

Porém, se marcarmos apenas um "café", fica subentendido que estamos dispostos a ouvir o próximo, mas não por muito tempo. Uma xicrinha e olhe lá. "Vem tomar um cafezinho com a gente." Essa frase é praticamente um ditado popular, que quer dizer:

— Por questões sociais, aceito começar uma conversa que não deve passar de uns sete minutos, pelo amor de Deus.

NINGUÉM OUVE NINGUÉM

Nós temos telefone, celular, e-mail, e-mail alternativo, secretária eletrônica, caixa postal do celular... Agora só falta nos decidirmos se tudo isso é pra sermos encontrados de qualquer maneira ou se é pra sabermos quem nos procurou enquanto não estávamos a fim de papo.

Às vezes me parece que ninguém tem mais paciência pra ouvir o outro.

Quantas vezes você não contou uma coisa para uma pessoa e ela respondeu falando de um assunto completamente diferente? Tenho a sensação de que algumas pessoas têm duas bocas e uma orelha só. Enquanto estamos falando, o outro espera ansiosamente a hora de falar dele mesmo. Pode ser um assunto grave, tanto faz.

— Sabe que meu avô tá muito mal, né? Tá na UTI. Não sei se ele volta para casa, sabe?

— Pois é. Ontem me elogiaram tanto no trabalho, fiquei até sem graça.

Tirando o programa "Fala que eu te escuto", ninguém quer ouvir ninguém. Todo dia eu passo pelo meu porteiro, desejo um bom dia e ele me responde algo que sempre me pareceu ser "bom dia" também. Uma vez eu resolvi falar uma outra frase qualquer. Passei por ele e disse:

— Frank Zappa.

E ele:

— Bom dia.

Eu podia ter falado:

— Gato-cachorro.

O máximo que as pessoas fazem é fingir que estão interessadas no assunto do outro. Às vezes precisa, né? Você aperta os olhos feito um míope, coloca a mão no queixo como um pensador, fica balançando a cabeça e, de vez em quando, entre uma frase e outra do amigo, joga um "é", um "hum-hum" ou um eficientíssimo "sei".

O "sei" funciona ainda melhor se duplicado:

— Aí o médico disse que meu pai deve ter mais uma semana ou duas de vida.

— Sei, sei.

E automaticamente o narrador entende que pode continuar a história. Afinal, sabe que você sabe-sabe do que ele está falando. O *sei-duplo* é a forma gentil que encontramos pra mostrar que não estamos dando a mínima pro outro, mas também não há nenhum problema se ele quiser continuar falando sozinho diante de um ser humano. Desse jeito ele não fica parecendo um louco.

Muitas vezes, ao final de uma festa, prefiro chamar um táxi a pegar carona com outro convidado que não conheço direito. Só pra não ter que encarar um papinho até a minha casa.

— Você mora tão longe, Ceylão. Pega uma carona com ele.

Mas é exatamente quando o trajeto é longo que meu pavor aumenta. Serão quarenta minutos de será-que-eu-pergunto-o-que-que-ele-achou-da-comida-da-festa-pra-puxar-papinho-afinal-eu-tô-no-banco-do-carona? No táxi eu também vou me sentir constrangido por não bater papo com o motorista. Mas um pouco menos. Afinal, nós não acabamos de compartilhar o mesmo bobó de camarão.

Ninguém ouve ninguém, mas existe uma exceção à regra, que é quando o outro está na pior. Aí a gente presta toda a atenção do mundo.

— Peraí, teu marido te largou pra ficar com outro? Me conta isso direito.

Mas nesse caso nós não estamos ouvindo o outro e sim o nosso lado perverso, que pede: “Descobre tudo sobre a desgraça alheia. Hahahaha!!!”

Ninguém ouve ninguém e todos odeiam que um estranho puxe conversa. Viagem de avião, por exemplo. Senta alguém do nosso lado e ficamos desesperados, com medo de a pessoa puxar assunto. Fingimos que estamos dormindo ou nos escondemos atrás de um jornal.

Elevador, então, se tiver mais gente, é aquela tensão — ninguém quer fazer contato visual. Vai um vendo os andares passando e o outro procurando a chave na bolsa ou algum tipo de leitura: "Capacidade licenciada: 10 passageiros ou 700 quilogramas. A utilização..."

Essa tensão toda é porque nesses lugares não tem como fugir dos...

CAÇADORES DE ASSUNTO

Cuidado. Os caçadores de assunto são uma organização muito perigosa, que vem aterrorizando a vida das pessoas que só querem seguir em paz e em silêncio. Muita atenção! De repente tem um caçador de assunto perto agora mesmo e você nem sabe. Tire os olhos dessas linhas e procure ao seu redor. Você pode estar lendo este livro no metrô e essa pessoa aparentemente inofensiva ao seu lado pode começar a querer puxar assunto daqui a pouco.

Fique sempre atento. Porque os caçadores de assunto são muito bem-treinados. Eles sabem a hora certa de te pegar desprevenido. E geralmente vêm disfarçados de taxista ou de velhinha em fila que não anda.

Você tá lá na fila, tentando levar sua vidinha, e um deles começa a agir:

— Calor, né?!

E logo engrenam um...

— Esses preços tão absurdos!

Eles sempre lançam as frases PRO ALTO E PRA NINGUÉM especificamente. Elas são a isca. Se você responde, mesmo que seja um simples sei-sei, pronto: foi fisgado. O caçador de assunto vem pra cima de você com tudo:

— Tá um calor danado que eles cobram o preço que querem e minha nora tá com um bico de papagaio esquisito mas a filha da minha vizinha pegou gravidez de novo que eu não quero ser cremada depois foi erro médico eu tô lá queimando que eu adoro dançar que eu posso fazer? Ficam esses vagabundos tudo cheio de tóxico aí na rua que eu tenho uremia a urina fica toda presa a única coisa que me ajuda é abacaxi e disse que vão vender a praça Saens Peña isso é um absurdo!

No que ele(a) para pra tomar ar, você TENTA participar com a sua opinião. Claro que o caçador de assunto não te ouve.

— Eu gosto de novela mas tá muita baixaria tudo de fora um monte de remédio pra tomar uma coceira que não passa ontem foi soluço que disse essa bala dá gases e eu não vivo sem meu bingo e ainda foi quebrar o meu como é que se diz mesmo aquela coisa que cai água e a gente toma banho debaixo que eu tenho pra mim que esse marido da minha cunhada tá com amante chuveiro! Que eu não sou de tristeza no meu enterro eu já falei que eu quero que sirva torteloni mas não do jeito que a Ana Maria Braga ensinou do meu jeito que essa polícia não faz nada isso é um absurdo!

FUGINDO DOS CAÇADORES DE ASSUNTO

E quando você faz um amigo mas só descobre depois que está se relacionando com um caçador de assunto? Eu tenho "amigos" assim. Pior que esse é um tipo que sabe se oferecer pra te fazer uma visitinha de um jeito impossível de negar. Você sabe o que te espera, mas topa.

Uma vez eu cheguei a pensar que um caçador de assunto "amigo" não iria mais embora da minha casa. "Onde ele vai dormir? Será que eu coloco um colchão no escritório pra ele? Ir embora ele não vai."

Eu já tava me acostumando com a ideia de acordar e ele estar lá, pro resto dos meus dias. Mas mudei de ideia e disse:

— Então tá. Vou tomar um banho que eu tenho um compromisso daqui a pouco.

E ele:

— Tá.

E sentou-se no sofá da sala. Levei uns segundos pra entender. Ele ia me esperar sair do banho e continuar conversando. Meu Deus! Tomei banho, me arrumei e lá estava ele. Eu falei de novo que teria um compromisso dali a pouco e nada.

Outra habilidade do caçador de assunto é a livre associação de ideias. Você serve o café, que é o jeito educado de mandar embora, e ele associa o café ao cigarro, o cigarro ao câncer, o câncer à mãe de uma amiga em comum, a amiga aos tempos de escola e aí são trinta anos de assunto.

Pra encerrar esse assunto — que está se estendendo como se eu fosse um deles — já reparou que esse tipo não sabe dizer só "sim" ou "não"? Vamos supor que você conseguiu pensar num jeito de tirar o sujeito da sua casa. Ele já tava na porta do elevador. Pra não ficar (mais) chato, você faz uma última pergunta. Aquela perguntinha camarada, que demonstra que você ainda gosta da pessoa. Caso ele tenha se sentido expulso, é essa perguntinha que vai mostrar que era loucura da cabeça dele. Não, você não o expulsou. Você tá até fazendo essa última perguntinha.

— Então a gente se fala. Você tá de carro, né?

A porta do elevador estava aberta. Era "sim" ou "não" ou, no máximo, "não, de táxi". Mas você se ferrou. Ele agora vai te explicar como o carro quebrou, pra onde ele estava indo quando o carro quebrou, com quem estava, por que estava com essa pessoa, se chovia, o que houve no dia anterior... Ele já até fechou a porta do elevador de novo.

CABEÇA
DE MENTIROSO

Mas triste mesmo é quando você tem um caçador de assunto na família. Eu tenho. Minha avó. E o pior é que ela não é só uma caçadora de assunto, como também uma daquelas pessoas que ACHAM que podem falar tudo. Tipo era o Clodovil. Lembro de um dia em que estava com ela numa fila. Eu ainda era pequeno. Ela começou:

— Calor, né? Mas você tá suando assim porque é muito gorda, né? Ainda bem que os preços estão absurdos desse jeito, porque aí você come menos. Você tá gorda demais. Eu cheguei a achar que você estava grávida, mas esse seu marido não tem cara de que te...

E eu lá, desesperado:

— Vó, baixaria, não! Por favor! Vão linchar a gente!

Eu sempre disse pra ela: as pessoas não estão a fim da verdade.

MENTIR É FUNDAMENTAL

Pode reparar. Quem fala a verdade? As crianças e os idosos. Você começa a vida puro e sincero. Depois fica adulto e aprende que precisa mentir pra sobreviver. Em seguida, se aposenta, está com a vida ganha (tá, nem sempre é assim), e aí pode voltar a ser sincero.

A verdade é que a verdade é um problema. A verdade só leva a gente pra vala. Já imaginou como o mundo seria ainda mais violento se não existisse a mentira? Se não fosse a mentira, o mundo parava. Se não fosse a mentira, o dinheiro não circulava. Se não fosse a mentira, várias coisas iriam desaparecer da face da Terra. A publicidade, a advocacia, a pergunta "Você acha que eu emagreci?".

Pensando bem, nenhum de nós estaria aqui. Porque pra gente nascer nossos pais mentiram muito pra conquistar nossas mães.

Acabaria o Natal e a Páscoa. No dia do amigo oculto, teríamos que inventar uma outra forma de trocar os presentes, que não fosse descrevendo o sorteado. Quem iria querer receber uma meia ou um CD pirata de uma banda que nunca ouviu falar, ou qualquer um desses presentes ruins de sempre, depois de ouvir a descrição sincera de um amigo oculto?

— Meu amigo oculto é feio, tem o cabelo mais cafona que já vi, é mau-caráter, tá aqui na empresa porque casou com a filha do presidente...

E antes de mais sinceridade, alguém diz:

— É o Ricardo!

— Isso. Tá aqui o presente. Na verdade, é uma porcaria de um livro que eu ganhei em outra festa e estou repassando.

Muitos casamentos não aconteceriam. E teríamos que abolir a frase: "Se alguém tem algo a dizer contra essa união, que fale agora ou cale-se pra sempre." Do contrário, metade da igreja se levantaria revelando um monte de verdades.

Muitos livros de não ficção possuiriam pouquíssimas páginas. Não existindo a mentira, os autores não teriam muito como nos enrolar e precisariam dar seu recado de forma objetiva. Talvez não passassem de uma página.

Teu chefe te mostra mais um projeto horroroso dele e o que é que você faz? Elogia. Ninguém precisa da verdade. A gente precisa é do emprego.

Se uma pessoa te pergunta se a roupa dela é bonita, é pra você responder sempre que sim. As pessoas nunca querem uma opinião verdadeira. Elas só querem um elogio. Pode ser uma daquelas gordas que usam gargantilha justa, o pescoço parecendo um queijo provolone amarrado, as perninhas curtas enfiadas em botas de couro... Parece uma cobra engolindo uma vaca! Você nem pisca:

— Tá ótima a roupa, Rose. Vambora pra festa. Tá linda. Só vai dar você.

Nós precisamos dos amigos e eles não precisam da verdade. Se não fosse a mentira, seríamos absolutamente sós.

— Tá sumido. Tem trabalhado muito?

— Não, tenho te evitado mesmo. Eu até gosto de você, mas te acho chaaato.

A amizade acabaria ali.

Você tá numa festa chatérrima, ninguém pra conversar, a comida péssima. Mas se você levantar decidido a ir embora, alguém certamente vai dizer:

— Ué, já vai? Ah, fica mais um pouco...

E você terá que se explicar, inventar desculpas:

— Eu viajo amanhã cedo e ainda tenho trabalho pra fazer. Preciso escrever um relatório de cem páginas! E ainda fiquei de tomar conta do filho da minha vizinha. Está lá em casa, preso num quarto...

Meu sonho era poder ser totalmente sincero:

— Ué, já vai?

— Já. Eu detestei a festa. Os convidados são chatíssimos, tá um calor horrível, esse filé parece um pedaço de borracha queimada e canapé de cebola tem que ter queijo ralado, ou vira essa maionese enjoativa que você fez! Tchau. Vê se capricha mais ano que vem. Abração e parabéns.

— Obrigado por ter vindo. Odiei o presente. Inclusive já dei pro meu caseiro, que também odiou, mas guardou. Beijo.

Mas ser sincero nunca foi nem nunca será a melhor maneira de manter amizades. Já experimentou concordar com alguém que tá falando mal de si mesmo?

— Eu sou um idiota, sabe?

— Eu sempre achei.

— Qual é, mermão?!

As pessoas só falam mal de si esperando que a gente minta. Quando falam mal dos parentes, é a mesma coisa. Lembro de uma vez no playground do meu prédio, há muitos anos. Criança ainda. Um menino revoltado que não ganhou no aniversário o brinquedo que queria chegou reclamando da mãe. No embalo, sem pensar, eu fui sincero.

— Cara, não ganhei a porcaria do robô que eu queria. Minha mãe é muito escrota.

— Muito! E aquela calça de lycra que ela cisma de usar?!

— Peraí! É minha mãe, rapá!!

E artista que vai ao programa da Marília Gabriela e responde que o maior defeito dele é o perfeccionismo? Perfeccionismo? Isso é defeito? Eu ia adorar ver alguém responder a verdade:

— Meu maior defeito? Ah, Gabi, eu sou um canalha. Eu pisei em muita gente pra chegar até aqui. Eu usei cabeças como degrau. Que mais? Deixa eu pensar, que tem mais defeito com certeza. É só eu cavar. É... Sou invejoso. Ih, mas sou muito invejoso. Demais. Não posso ver ninguém brilhando que eu já falo mal, arraso. O que mais... Vamos procurar... E sou péssimo ator. Péssimo. Aliás, eu só dei certo porque eu dei certo.

Uma epidemia que fizesse com que todos falassem apenas a verdade seria algo mais devastador que um furacão. Isso daria um filme apocalíptico como aqueles de zumbis. Na primeira cena, um sujeito conversa com seu chefe e de repente começa a falar todas as verdades que sempre quis dizer. Assustadoramente sincero, ele acaba sendo demitido.

É encaminhado para o departamento de recursos humanos da empresa e no caminho morde outro funcionário, que dispara verdade na direção de quem quer que passe. Com dez minutos de filme, vemos num noticiário que os sinceros estão tomando conta do mundo e ninguém está a salvo. Essa, aliás, é a única notícia real daquele dia. As outras eram todas mentiras da emissora.

No final os únicos sobreviventes, todos mentirosos, conseguem se abrigar dentro de um tribunal de justiça abandonado (claro). Os sinceros estão do lado de fora querendo entrar. A paranoia toma conta do lugar. E antes de serem atacados — afinal, esse gênero de filme sempre acaba de forma pessimista — os poucos sobreviventes aproveitam pra fazerem seus últimos elogios uns aos outros.

— Você é uma pessoa maravilhosa.

— Você que é. Você é o máximo. E ficou linda com esse cabelo.

— Cuidado, atrás de vocês.

De repente, uma horda de sinceros invade o lugar.

— Aaahhhhhhhhhhhhhhhhhhhh!!!! Voce é horrível, cabelo ruim!!!!!! — gritam.

E sobem os créditos.

CABEÇA SAUDÁVEL

O bisavô de um amigo meu fez 100 anos. Cem anos. Tem que ter muita saúde, mas também muitas economias. É, porque o Brasil continua tão difícil que eu não sei se gostaria de viver tanto. Ou se conseguiria juntar dinheiro pra isso.

Aumentar a expectativa de vida no Brasil me parece o mesmo que planejar um longa-metragem e só ter película suficiente pra se fazer um curta.

SAÚDE? É ALGO QUE EU DIGO DEPOIS QUE ALGUÉM ESPIRRA

Eu acho que ter uma alimentação saudável é blasfemar. Porque se Deus quisesse mesmo que a gente se alimentasse de forma saudável, não teria dado pro rissole o gosto que ele tem e pra maçã o gosto que ela tem.

Pra quem tem cabeça de gordo, a alimentação saudável é algo fora da realidade. Ela só seria possível se pudéssemos comer um alimento que faz bem junto com outro que faz mal, e um desse cobertura pro outro. Por exemplo: eu comeria uma beterraba e uma batata frita, as duas desceriam juntas pro estômago e, chegando lá, a primeira diria:

— Tudo bem, pode deixar. A batata tá comigo.

Nunca fui muito de me cuidar, como vocês perceberam lendo o primeiro capítulo do livro. Sempre fui gordo, mas, à medida que envelhecemos, começamos a nos preocupar mais com a nossa saúde. Meu médico sempre me diz que andar é uma beleza. Você oxigena o cérebro, pensa melhor, tem mais ideias.

E realmente é verdade. Pelo menos, na ida. Na volta, o gordo enfrenta um de seus maiores temores... Ele tá todo assado. Queimando! Um horror. O gordo precisa voltar pra casa com as pernas todas abertas, coitado, andando com passos largos, parece um compasso. Por isso que sempre que saio para uma caminhada, eu levo o dinheiro da água de coco e o do táxi.

E as academias? Costumo me sentir meio improdutivo quando estou malhando. Tudo bem, estou tonificando os músculos, cuidados do preparo físico. Tá. Mas eu queria me sentir produzindo alguma coisinha a mais, além de endorfina. Imagino sempre uma academia onde os aparelhos são ligados a estruturas como as de uma minifábrica. O personal trainer ficaria do nosso lado explicando:

— Nesse exercício, você precisa puxar essa manivela. 1,2,3,4... Desse jeito, você trabalha os tríceps... Enquanto produz queijo!

A verdade é que ninguém quer malhar. Só malhamos pra não nos sentirmos mal em relação aos malhados. Se é pra ficar todo mundo igual, por que não ficamos todos fora de forma? É muito mais conveniente. Se todo mundo combinasse de nunca mais fazer exercício, nós seríamos muito mais felizes. Poderíamos passar o resto da vida relaxados. E comendo. O que a gente quisesse. O problema é que se uma única pessoa saísse do combinado e ficasse em forma, o sistema todo ia desandar.

— Pronto, agora eu vou ter que ir pra academia, só pra ficar igual a esse desgraçado com o abdômen dividido. Toma, joga esse sorvete fora pra mim, por favor.

Num beijo você queima 15 calorias. Achei um absurdo quando a minha personal trainer ficou ofendida com a minha proposta de trocar uma volta na Lagoa por 207 beijos.

Outro dia li uma matéria que propunha uma forma interessante de perder peso. Ao longo de um dia inteiro, você faria uma série de exercícios rápidos. Ao entrar numa loja, você experimenta cerca de 50 peças de roupa e queima 60 calorias. Quando estiver numa fila, deixe a coluna ereta, encoste as mãos atrás das costas, comprima os ombros de forma a aproximar as omoplatas e queime cinco calorias.

Toda vez que receber algum tipo de publicidade pelo correio, corra em volta da casa ou suba e desça um lance de escadas do prédio. Você queimará de 35 a 140 calorias. Desça do táxi três quadras antes do seu local de trabalho e vá andando. Resultado: cerca de 40 calorias queimadas. Quando estiver no trabalho e precisar ir ao banheiro, aproveite pra dar cinco voltas no seu escritório e queime de 20 a 100 calorias. Aí você vai anotando e pensando nesses números a cada atividade que fizer e até pirar. Pouco tempo depois, fique duas horas se tacando de cabeça na parede acolchoada da sua cela do manicômio, para queimar mais umas 200 calorias.

Um amigo me indicou uma academia que ficava numa avenida onde o trânsito é intenso e acontecem muitos assaltos. Decidi que eu teria mais chances de ter uma vida longa se ficasse em casa vendo tevê e comendo.

A possibilidade de ter um problema de coração mudou meus hábitos, mas continuo fritando bacon só pra sentir o cheiro.

Eu decidi me cuidar mais porque eu andava cansado e enjoado de viver cansado e enjoado.

Dizem que dinheiro não é tudo. Saúde, sim, seria tudo. Mas vai ver quanto custa um prato de salada de qualidade, a mensalidade de uma boa academia e um bom tênis pra caminhadas...

É irônico imaginar que uma pessoa que deita na areia da praia para se bronzear, desejando uma aparência mais saudável, na verdade está prestes a conseguir um câncer de pele.

Manter-se saudável nos dias de hoje é saber escolher com quais doenças você consegue lidar melhor.

Aponte algo que não cause câncer e eu te mostrarei um produto que ainda não está à venda nos mercados.

O máximo que tenho conseguido me manter saudável é entre a promessa de meia-noite do dia 31 de dezembro e o almoço de 1º de janeiro. Nesse pequeno espaço de tempo, não como nada que me faça mal. É pro álcool fazer efeito mais rápido.

Se chegamos a um ponto em que a maioria da população está acima do peso, podemos concluir que estar acima do peso é o normal hoje em dia. Ou seja, os saudáveis é que estão errados!

Fazer exercícios melhora nossa condição física. Mas o que melhora a condição de fazer exercícios?

A expectativa de vida tem diminuído muito. Com os avanços constantes na área da cirurgia plástica, muitos não querem mais passar dos quarenta.

Botox: pra parecer jovem, vale até injeção na testa.

Não creio em bruxas, mas que elas aplicam botox, aplicam.

Meu médico me mostrou a foto do pulmão de um fumante. Minha reação:

— Ai, que nojo!

Depois ele me mostrou a foto do pulmão de um não fumante. Minha reação:

— Ai, que nojo!

Tudo vale a pena se o estômago não é pequeno.

Remédios são ruins, mas às vezes precisamos tomá-los. É um fato. Aceite. Pra que ficar colocando sabores nos remédios, como se eles fossem ficar mais gostosos assim? Sabor laranja, limão, morango... Não estamos falando de uma bala. É um remédio, não um doce!

— O que você vai querer de sobremesa? Tem mousse, sorvete, um restinho do bolo...

— Faz o seguinte. Pega ali a minha bolsa de remédios. Eu vou querer um mezitatil laranja.

A medicina não para de evoluir. Fazem operação a laser, clonagem, transplante de órgãos...Coisas incríveis. Mas nem tudo evoluiu: vão nos obrigar a fazer cocô e xixi em potinhos para sempre? Não dá pra inventar outro tipo de exame não, pô?

Eu acho muito engraçado esse nome que deram pra prisão de ventre, intestino preguiçoso. Fica parecendo que não é exatamente um problema de saúde, e sim uma falta de saco de um dos órgaos. A comida chega e o intestino diz: "Ah, depois eu me livro disso, vai." Se o sujeito não vai ao banheiro regularmente, o intestino espera acumular pra fazer o seu serviço. Vi um médico explicando isso na tevê. Quer dizer, intestino é que nem motorista de van: ele espera encher bem pra, então, sair.

Se alguém que sofre de Transtorno Obsessivo Compulsivo for esfaqueado de um lado da barriga, só vai morrer sossegado se for esfaqueado do outro também?

Uma conhecida minha, amiga da minha mulher, é quase um mostruário da vaidade humana. Ela aumentou os seios, colocou silicone nas nádegas e na panturrilha, fez lipo no abdômen, no culote e nas coxas e enxertou gordura nos lábios. Além de aplicar botox de tempos em tempos, ainda fez escova progressiva, tatuou a sobrancelha e usa lente de contato colorida. Enfim. Sobraram apenas os braços e a voz pra mulher tentar explicar quem ela é. Ou era.

Eu sou a favor do silicone. Pelo menos diminui a chance do gordo namorar uma mulher com menos peito que ele.

CABEÇA DE ARTISTA

Os artistas brasileiros reclamam muito que sua arte não é levada a sério aqui no país. Mas, em muitos casos, até que isso é bom. Pelo menos eles fazem o que querem e tudo bem. Imagine se as pessoas discutissem arte da mesma maneira que política e futebol? Odiariam os artistas como odeiam os políticos e os técnicos e juízes.

No ônibus lotado, ouviríamos dois populares dizendo:

— Pô, viu essa releitura de Shakespeare que tá em cartaz?

— Que palhaçada era aquela? Essa lei de incentivo dá uma fortuna na mão desses vagabundos e os caras fazem uma droga de *Hamlet*! Tem que prender esses safados!

No Brasil não interessa muito a qualidade do seu trabalho. O importante é a quantidade. Aqui talento é sinônimo de agenda lotada. Shakespeare só conseguiria alguma publicidade neste país se estivesse com *Hamlet, Romeu e Julieta* e *A Tempestade* em cartaz no Rio, *Macbeth* e *Otelo* viajando pelas capitais do Brasil, adaptando *A Comédia dos Erros* pra televisão e fazendo o projeto de uma *sitcom* baseada em *Henrique V*.

As obras de um museu de arte moderna não deviam ter prazo de validade pra estarem lá? Talvez alguém devesse olhar a pintura da sopa Campbell's do Andy Warhol e dizer:

— Isso aqui já não é mais tão moderno, né? Manda pro outro museu.

Muita gente implica com os mímicos, coitados. Eu apenas me pergunto: será que pra matar um mímico é preciso usar uma arma com silenciador?

Um amigo ficou chocado porque eu não tenho a menor vontade de ver um filme que ele adorou.

— Você tem que ver. Tem três horas, mas você não sente.

Mas foi exatamente por isso que eu não quis ver. Pra ficar três horas sem sentir nada, é melhor eu tomar uma anestesia.

O meio artístico é o único lugar onde é possível enganar todo mundo o tempo todo.

A Academia Brasileira de Letras é um ótimo lugar pra pessoas que já não escrevem mais passarem as tardes.

O único problema da poesia moderna é quando ela vira um bom lugar para aquelas pessoas que não conseguem organizar suas ideias.

O melhor da poesia moderna (pra quem faz, claro) é que qualquer ideia resulta num poema.

N ã o

falei ?

Não falei?

NÃO FALEI?

NÃO FALEI.

NÃO FAL

EI?

Você diz que uma peça de teatro tem mais de uma hora de duração e o sujeito já acha que é muito longa. Essa mesma pessoa fica cinco horas na frente da tevê vendo um apresentador que nada mais é que um doido desinibido tentando preencher o espaço entre um merchandising e outro.

REFÉM DA TEVÊ

Se vou a uma pizzaria e o pizzaiolo fica atrás de um balcão, fazendo a pizza, eu nem olho para ele. Mas se é na tevê, eu não desgrudo da tela:

— Ih, colocou farinha... Ovo... Ah, o queijo é picado, não é fatiado.

É o PODER que a tevê exerce sobre a gente...

A televisão te faz torcer por uma pessoa que você nunca viu antes. E sofrer. Se você vê uma senhora tentando atravessar uma rua e não conseguindo, é apenas mais uma senhora tentando atravessar a rua e não conseguindo. Mas se criarem o Show da Velha Atravessando, você vai vibrar:

— Vai! Depois do Fiat, vovó! Agora! Corre! Olha a moto! Ih, perdeu dois pontos! A número dois, a do guarda-chuva e da bolsa de compras, vai ganhar.

O que colocarem na nossa frente, a gente assiste. Você chega pra alguém que está vendo um programa qualquer e pergunta:

— Quem é esse entrevistado?

— Não sei.

— Do quê que ele tá falando?

— Sei lá.

— Posso desligar?

— Não, eu TÔ VENDO!

Imagine como seria rápido um programa que fosse apresentado por um sujeito altamente objetivo. Prepare seu cronômetro e leia:

— Boa noite, o programa de hoje tá quente, a gente vai saber se o Rogerinho é ou não é filho do seu Rogério, aquele miserável que tá chorando ali no canto. E depois vamos saber se o namorado da Janaína é ou não é fiel. Fizeram o teste, produção? Não é. Bom pra você, hein, Rogerinho? Graças a Deus. Janaína, vem cá. Ele não é fiel. Vai terminar? Não sabe? Então, pensa bem. Vai querer brigar com ele? Briga lá fora, porque o programa acabou! Muito obrigado e boa noite, Brasil.

Todo mundo assiste tevê mudando de canal feito louco. E se criassem um programa só com trechos rápidos de programas de todos os canais? Pouparia a pilha do nosso controle remoto e seria a maior audiência da televisão.

As pessoas costumam parecer muito mais inteligentes na tevê do que realmente são. Muitas vezes pensamos: "Pô, por que eu não sou que nem esse cara? Ele sabe tudo!" Eu te digo por quê. Porque a gente não tem um ponto eletrônico. Com um ponto eletrônico, você é o dono do mundo.

Meu sonho era usar um ponto eletrônico no dia a dia. Um grupo de assessores ficaria numa sala me soprando as coisas pelo ponto. Todo mundo com a página do Google aberta na frente. E eu só impressionando.

Além de impressionar, eu jamais daria furo. Se encontrasse uma amiga na rua, um assessor me sopraria: "Não pergunta se ela está grávida. Ela só deu uma engordada."

Entendo que seja da natureza do artista nunca querer parar de trabalhar. Mas alguns deveriam se aposentar urgentemente. Como eles não se tocam disso, acabamos assistindo a programas que não têm um pingo de lucidez. O telespectador fica com aquela cara de é-isso-mesmo-que-ele-tá-falando?

— Agora deixa eu falar com essa moça da plateia. Eu já falei com você? Não lembro. Por que estão filmando? Eu tô ouvindo umas vozes. Vocês tão ouvindo também? Ou eu fiquei doido? Ponto o quê? Que letras são essas subindo nessa televisão? Créditos?

Eu gosto de ver programas de auditório nos quais as pessoas mostram seus talentos em troca da possibilidade de faturar algum dinheiro. O curioso é pensar como foi o momento da descoberta de alguns dos talentos.

— Eu toco piano. Vou misturar um trecho de Bach com uma releitura de "Segura o Tchan".

Tudo bem. Um dia o sujeito se deparou com um piano, sentou e foi descobrindo que levava jeito. Dá pra entender. Mas e em outros casos?

— Eu ando de bicicleta fazendo tricô e tocando gaita. Vou mostrar pra vocês.

E realmente ele anda de bicicleta fazendo tricô e TOCANDO GAITA! Que circunstâncias levaram o sujeito a descobrir um talento como esse? O que estava acontecendo na vida dessa pessoa no dia em que ela descobriu que podia fazer essas três coisas ao mesmo tempo?

Sou do tipo que fica constrangido pelo outro. Uma situação que me envergonha muito é quando vejo um apresentador de tevê mal-amparado.

— Vamos aos comerciais e na volta... Ah, não tá na hora dos comerciais? Então vamos conversar com um médico especialista... Ah, não? É a bailarina que perdeu uma perna? Ela entra no próximo bloco? Essa pauta é amanhã? Então vamos ao intervalo e a algumas demissões. Nem que seja a minha!

E esses programas que fazem tudo em nome da vontade de parecer que são gravados ao vivo? O apresentador derruba uma bancada e continua conversando com o convidado enquanto dois contrarregras tentam consertar o estrago. Por que não para a gravação? Faz um corte simples, edita e volta a gravar. Se um dia acontecer algo mais grave, tipo cair um refletor em cima de alguém, é muito provável que continuem a entrevista a caminho da ambulância.

— E no próximo bloco a gente continua esse papo sensacional. Eu vou pegar um carro da produção e voltamos a conversar da emergência do hospital. Ah, vai ser com anestesia geral, é?

Sempre que vejo uma mulher sem carisma, graça e talento numa novela, eu penso: "Mais um diretor que se casa."

Verdade seja dita, a Globo tem um padrão de qualidade magnífico. Pode reparar que sempre que ela mostra uma baixaria é com uma iluminação ótima e um som excelente.

Todo mundo quer trabalhar na televisão e ser famoso. Aqui vai uma dica. O segredo é conseguir FINGIR que é sincero e espontâneo.

Eu soube de um ator que passou dias na porta da casa de um diretor de núcleo da TV Globo. Ele ameaçou fazer greve de fome até que o tal diretor recebesse o seu book. Bem, greve de fome todo ator que quer entrar pra Globo faz. Mas tem que malhar, senão fica flácido!

Alguns atores sonham em fazer Shakespeare. Outros sonham em aprender a atuar.

O que eu sinto falta no Ibope é de saber se a audiência gostou. Tá, as pessoas estavam vendo um determinado programa. Mas e daí? Tem gente que assiste até batida de automóvel. Ia ser muito mais interessante, não? Imagina. "Quarenta e cinco por cento dos aparelhos de televisão estavam ligados no programa tal. Desse número, 93 por cento acharam o programa lamentável, mas como nesse horário não tinha nada mais pra assistir mesmo, iam fazer o quê?"

Depois que fiz a primeira participação em um programa de tevê, nunca mais consegui me emocionar vendo novela. Por melhores que sejam, eu sempre imagino a equipe técnica ali atrás, com cara de quero ir embora logo. Os dois atores estão lá, olho no olho, no auge da paixão, depois de enfrentarem todos os obstáculos... Mas eu não me envolvo! Tô sempre imaginando o câmera pensando: "Beija logo, cacete. Hoje tem Flamengo x Vasco."

Tenho a sensação, às vezes, de que os humoristas vão virar para a câmera no final dos seus quadros e dizer:

— Esse meu bordão que vocês ficam repetindo toda hora nas ruas na verdade faz parte de um experimento. Eu queria saber se o espectador reproduz qualquer frase que fique sendo repetida exaustivamente na tevê, mesmo que ela não faça o menor sentido.

AH, AS CELEBRIDADES

Essa gente pra quem o único livro que importa é a agenda de telefones.

Trabalhar com celebridades pode até te trazer benefícios, mas é um lucro tumultuado, algo como ganhar na loteria e receber o prêmio em moedas.

Alguns atores viram celebridades e ficam tão autocentrados que não conseguem mais olhar pra ninguém além deles próprios. E ainda assim continuam a exercer uma profissão que tem como uma das bases a observação dos seres humanos.

Como virou moda, vários famosos fazem ioga. Natural, pois esse é um exercício que tem como princípio ficar parado fazendo pose.

Previam que a sociedade invadiria a privacidade, mas ninguém imaginava que a privacidade invadiria a sociedade.

Em uma banca estavam penduradas três revistas que traziam na capa famosos revelando que estavam felizes. Não é um exagero. Eram realmente três. Uma revista ao lado da outra. Não é curioso que a felicidade seja um furo jornalístico? Isso agora é notícia: fulana está feliz. Depois de tanto trabalho, tantos merchandisings faturados, tantos namoros, tantos términos, anúncios de casamento, tanto dinheiro, ela está feliz. É como se o natural dessas pessoas fosse não ser feliz e, de repente, acontecesse algo extraordinário que as deixasse bem. Algo tão extraordinário que chegaria a render capa.

E quando esses sites de celebridades resolvem chamar de FLAGRA uma foto de um famoso almoçando ou levando o filho ao colégio? Isso é um flagra? Tem certeza? Eu jurava que flagrar era algo tipo pegar fazendo sexo no cinema, roubando, pulando um muro da casa da amante. Mas como eu levo a língua portuguesa a sério, sempre que passo o olho rapidamente acho que o famoso foi pego roubando no restaurante ou sequestrando uma criança. Segundos depois é que eu vou realmente entender o que aconteceu. Ah, tá. Agora eu entendi. Flagra, pra eles, é uma coisa totalmente diferente. É um substantivo pra chamar a atenção do leitor.

E VIP SÓ NAMORA VIP

É uma teia. Um namorou com outra, que namorou com outro, que namorou com um, que namorou com outra... Se um deles tiver herpes, acabou o meio artístico.

Casamento de celebridades é uma trabalheira. Além de data na igreja, o casal precisa ver a agenda dos jornalistas de fofoca.

Eu fico imaginando como devem ser as abordagens nessas festas de famosos.

— Oi, tá sozinha?

— Não, tô com o meu namorado, mas nosso contrato tá quase acabando. E eu nem sei se vou renovar.

— Pô, eu te achei muito linda. Me dá o telefone do teu empresário, que eu vou pedir pro meu ligar pra ele pra gente marcar de sair.

A impressão que eu tenho é que essa gente vive dentro das revistas de fofoca. Um famoso conhece uma famosa numa edição da revista *Flash*, eles marcam de sair na *Quem*, assumem o namoro na *TiTiTi* e vão morar juntos na capa da *Caras*.

As pessoas se impressionam com a facilidade com que atores famosos casam e separam, mas isso é absolutamente normal quando os beijos são técnicos.

CABEÇA
DE MOTORÍSTA

MEU CARRO, MINHA CASA

Quando vejo filmes de ficção científica feitos há mais de quarenta anos, percebo que a maioria das previsões futurísticas não se concretizou. O mundo é quase como era, apenas com mais carros nas ruas. Muito mais. E enquanto o cinema continua sonhando com veículos voadores e autoestradas construídas umas por cima das outras, eu me limito a imaginar como serão os engarrafamentos do futuro.

Certamente ficaremos não horas, mas semanas presos no trânsito. Vai chegar esse dia. Sairemos de casa e entraremos em nossa segunda casa. Sobre rodas. Posso imaginar automóveis que virão não apenas com suporte pra copos, mas com geladeira, minifogão, compartimento pra guardar a roupa de cama. E não serão trailers. Tenho uma sensação estranha de que, de alguma maneira, tudo começou com aquele boneco do Garfield com ventosa nas patas, que as pessoas prendiam nas janelas dos carros. "Eu passo tanto tempo aqui dentro... Pelo menos vou transformar esse espaço num lugar aconchegante e engraçadinho." E um dia o adesivo "bebê a bordo" terá que ser atualizado pra "bebê sendo criado a bordo".

Não se assuste quando o motorista do veículo de trás bater no vidro do seu carro pedindo pra você diminuir o som. Ao mesmo tempo se prepare pras festas barulhentas que irão surgir nos bancos traseiros. De repente o motorista do carro ao lado pode buzinar pra pedir um pouco de açúcar pro bolo que ele tá fazendo.

Outra gritaria. Mais uma vez, não se assuste. É a funcionária da Avon, que vende de porta em porta, brigando por espaço com o menino de rua que faz malabarismo em troca de moedas.

Será preciso marcar alguns encontros dentro do carro, pois não conseguiremos mais chegar a compromisso nenhum.

— Eu tô num engarrafamento na avenida Nossa Senhora de Copacabana com a Bolívar. Devo ficar aqui até quinta que vem, mais ou menos. Vamos marcar depois de amanhã às nove? Você traz o projeto e a gente faz a reunião aqui no banco de trás. Ó, vem a pé.

Já reparou como no trânsito a gente sempre põe a culpa na pessoa que tá logo na nossa frente? Você buzina pra ela, acelera, acende o farol, grita. No fundo, tudo o que você quer é andar mais uns três metros e ficar onde ELA está.

Ao se deparar com um engarrafamento, os motoristas ainda insistem em dizer que deve ter acontecido alguma coisa. Pra depois de horas, ao passar por um ponto onde os carros já estão andando, dizer que não era absolutamente nada, "Agora tá andando". Quando iremos concluir que não precisa acontecer nada para um engarrafamento começar? Simplesmente existem mais carros do que podemos comportar.

O trânsito é um bom lugar pra se reparar como a gente é egoísta, como pensamos que o mundo gira ao nosso redor.

— Pô, EU dei um azar danado. Estava vindo pra cá quando um ônibus capotou. Vinte passageiros morreram, ele caiu em cima de um carro e matou mais dois. Engarrafou tudo. E EU me atrasei, que saco.

É muito egoísmo. E a gente sempre acha que está com a razão. Na nossa cabeça existe o nosso jeito e o jeito errado. Passa um motorista mais devagar que a gente e gritamos:

— Lerdo!

Passa um motorista mais rápido que a gente e também gritamos:

— Animal!

Nosso jeito é SEMPRE o certo.

Hoje em dia ninguém tá nem aí pra ninguém, mas existe uma exceção e ela também faz parte do angustiante universo do trânsito. É quando a porta de outro carro tá aberta. Nesse momento, as pessoas se transformam. Elas podem passar por alguém em chamas que não se chocam mais. Por alguém morrendo de fome, se afogando, se esfaqueando. "Ah, que se dane." Mas se a porta do seu carro estiver aberta, elas entram em desespero:

— A porta do carro tá aberta!

Colocam metade do corpo pra fora da janela e ficam gritando "A porta do carro, a porta do carro!" Até aquele cara que acabou de te mandar um dedo fica solidário:

— A porta! Cuidado com a porta!

Ele deve pensar: "Fecha logo isso pra eu poder continuar te xingando, seu lerdo. Comprou carteira, filho da mãe?"

O trânsito nos deixou em um estado de paranoia tão grande, que já vi um motorista chegar ao ponto de achar que estava sendo seguido pelo carro da frente.

O carioca é muito educado no trânsito. Sempre que fura um sinal, ele dá uma buzinadinha pra avisar.

Em cidade pequena as brigas no trânsito são muito diferentes. Um carro vai entrar à direita quando outro entra na sua frente.

— Não tá me vendo aqui, não, seu filho da... Ô, doutor Arlindo, como vai o senhor? Dona Ilda tá melhor?

Já reparou como as pessoas que dão valor exagerado pro carro realmente só ficam interessantes se estiverem dentro de um?

DEFINA SEGURANÇA

Por que o cinto de segurança é obrigatório? Todo mundo deve ter o direito de querer morrer. Eu nunca vi no topo de um prédio uma placa onde estivesse escrito "É proibido pular".

Eu conheço um cara que tem uma arma em casa por medida de segurança. Esse mesmo sujeito se recusa a dirigir usando o cinto de segurança. Qual é o conceito de segurança na visão dele?

E um outro que fuma três maços por dia e usa cinto de segurança. Pra quê?

PROFISSÃO: FLANELINHA

Existe profissional mais odiado que o flanelinha? Talvez o motorista de ônibus, talvez. Taxista? Mas é páreo duro. E engraçado como todos estão relacionados ao trânsito. O flanelinha é o profissional que se forma mais rapidamente no mundo. Basta estar no lugar certo, na hora certa. O cara vem andando, desempregado, vê um carro estacionando e grita: "Aí, vira, pra direita. Isso, deixa solto." E pronto: está empregado.

E quando, sem querer, você vira personal trainer de flanelinha? Você passa ao lado dele, diminui a velocidade do carro, faz ele correr um tempo procurando vaga pra você e depois desiste de estacionar e vai embora.

A síntese do trabalho do flanelinha é proteger seu carro. Na maioria das vezes, dele mesmo.

No fundo, o conceito de sair se resume em não terminar assaltado ou com o carro roubado. Por isso que inventaram o alarme pra carro. Mas será que realmente passa pela cabeça de alguém que alarme pra carro adianta alguma coisa? Não adianta nada, só é chato. Aliás, de certa forma, o alarme pra carro é responsável pelo aumento da violência nos sinais. Os alarmes irritaram tanto os assaltantes que eles devem decidir:

"Pra mim chega desse barulho insuportável. Eu agora vou roubar carro com gente dentro."

E AINDA TEM OS PEDESTRES

Outro dia saí pra caminhar cedo e fui o primeiro a entrar numa Lojas Americanas do meu bairro. Oito da manhã. Ainda estavam organizando alguns produtos e arrumando a bagunça do dia anterior. Fiquei pelo menos uns dez minutos sendo o único cliente que andava pelos corredores da loja. Logo que entrei, o funcionário que fica apresentando as promoções ao microfone começou seu trabalho.

— Atenção, clientes. Promoção de calcinhas e sutiãs no segundo andar. Hoje não deixe de aproveitar a promoção de calcinhas e sutiãs no segundo andar.

É o cúmulo da falta de jogo de cintura. Eu era o único ali. Falasse comigo, pô.

— Atenção, gordinho de camiseta preta. Acordou cedo, hein? Você tem cara de quem gosta de chocolate e DVD. Hoje temos vários filmes a 19,99. E promoção de sobras de ovo de Páscoa na sessão de guloseimas. Caso você seja casado e queira presentear sua esposa, ou seja, um homem que gosta de se vestir de mulher, temos uma promoção de calcinhas e sutiãs no segundo andar. Atenção, gordinho de camiseta preta. DVDs a...

Soaria bem menos estranho pra mim.

Fico irritado sempre que sou parado por alguém de prancheta na mão, que quer fazer minha ficha e me convencer a fazer um crediário. Por outro lado, quando passo por uma dessas pessoas e ela me ignora, fico mal. Péssimo. Se não estou com pressa, dou meia-volta e passo novamente por ela. Eu me sinto praticamente à margem da sociedade. A pessoa mais desinteressante do mundo. Dá vontade de abordá-la, tamanha a sensação de desprezo:

— Desculpa. Posso falar com você um minutinho? É rápido. Eu só quero te perguntar se você não vai me perguntar se pode falar comigo um minutinho.

Já os entregadores de filipetas distribuem pra qualquer um. Eles dão aquele tapinha na pilha de filipetas e vão entregando, sem nem ver pra quem. Critério zero. Você tenta se esquivar e eles forçam, quase esfregam a filipeta em você. A pessoa pode ser um punk, de moicano e alfinete no nariz, que eles entregam uma filipeta de "joga-se búzios". Uma velhinha? Dane-se a idade, toma uma de festa rave. Um sujeito todo malvestido e eles se oferecem pra comprar o ouro do cara.

Eles simplesmente não dão a mínima. Afinal, quando alguém te entrega uma filipeta na rua, é como se estivesse dizendo "joga esse papel fora pra mim, por favor".

Existem exceções, claro. Recentemente, andando na rua — eu tinha acabado de escrever o texto acima — fui abordado por dois tipos de entregador de filipetas que me chamaram a atenção. O primeiro, na verdade, era uma mulher. Ela me entregou a filipeta já dizendo "obrigada". Não há como negar a filipeta de uma pessoa assim, né? Eu me sentiria um crápula. Coitada, superfofa. E um outro sujeito me entregou uma filipeta de curso de computação, dizendo que com ela mesma eu teria trinta por cento de desconto na matrícula. E ainda completou:

— Deixa de ir lá, não, aí.

Disse isso com o olhar de quem sentiu que de alguma maneira eu precisaria daquele curso. Conclusão: as duas filipetas estão aqui, do lado do meu teclado, guardadas quase que carinhosamente.

LUGAR DE FUMAÇA É NA FUMAÇA

As leis antifumo ficaram superseveras. Preocupadíssimo com a nossa saúde, o governo não permite mais que se fume em lugar algum. Nem nos bares. Agora o fumante tem que fumar na calçada, que é mesmo o lugar ideal — lá a fumaça do cigarro fica totalmente ofuscada pela superpoluição dos carros, ônibus e caminhões.

BANDEIRA 2

Sempre fico constrangido quando entro num táxi que é todo enfeitado, com fotos dos filhos do motorista, aquele boneco de cachorro que balança a cabeça, carrinhos colados no painel, bloco de notas etc. Sinto como se eu fosse um intruso no mundinho do taxista. É como se alguém entrasse no meu escritório, ficasse 15 minutos me vendo escrever e depois saísse.

Peguei um táxi outro dia. Chegando ao meu destino, o taxímetro marcava 8,35 reais. Apresentei uma nota de 10 e o motorista me perguntou se eu não teria uma menor. Como ainda não inventaram a nota de 9 ou mesmo de 8,35, ficamos naquele impasse até que resolvi deixar 1,65 real pra ele. É impressionante. Taxistas nunca têm troco. Certa vez um motorista ainda reclamou:

— Você não me perguntou se eu tinha trocado quando entrou, pô.

Não. Assim como não perguntei se ele tinha gasolina. E uma vez que ele lida com dinheiro o tempo inteiro, não era a hora de começar a pensar em uma solução pra essa situação tão recorrente? Pior ainda é quando te pedem pra ir a algum bar ou banca de revista para tentar trocar o dinheiro.

— Vê se aquela padaria ali troca...

Eu vou todo dia na mesma padaria. Às vezes chego lá e eles ainda estão abrindo. E eles SEMPRE têm troco. Sempre. Começam o dia com troco. Eu nunca comprei um pão lá e, na hora de pagar, o caixa falou:

— Ih, eu tô sem troco. Espera passar um táxi, pede pro motorista parar e tenta trocar essa nota com ele.

CABEÇA

de quem quis colocar várias piadas no livro e teve que criar um capítulo à parte para aquelas que não tinham a ver com os temas dos outros capítulos, além de achar legal ter um nome de capítulo gigantesco e que, além de ocupar uma página inteira, repete várias vezes a palavra "capítulo"

DÚVIDAS

"Toda unanimidade é burra." Já reparou que essa frase é unânime?

Como é que uma pessoa realmente elegante se deixa ser citada na lista das pessoas mais elegantes?

Pode acontecer de uma pessoa que sempre foi muito estúpida ficar senil e a gente nem notar?

Se dois irmãos gêmeos idênticos casarem com duas irmãs gêmeas idênticas, os filhos de cada casal serão idênticos?

Se a prostituição é a mais antiga das profissões, os clientes das primeiras prostitutas pagavam os serviços delas com que dinheiro?

Cochichar na nossa frente é falta de educação. Falar em linguagem de surdo e mudo também é?

Se Deus fosse ao shopping e consultasse o mapa de lojas, estaria escrito "você está aqui" em todos os pontos do mapa? Peraí, eu já não usei essa piada antes?!

Quando um avião cai, os corpos ficam tão mutilados que são identificados pela arcada dentária. Mas se não sabem nem quem é você, como é que vão saber quem é o seu dentista?

Será que já aconteceu de um cego alisar o rosto de alguém cheio de espinhas e descobrir mensagens em braile?

As empresas não estão exagerando um pouco ao criar tantas opções de tamanhos para seus produtos? Coca-cola, por exemplo. Pra que tantas opções? Como é que o cara sabe se está a fim de tomar um litro; um litro, duzentos e cinquenta; um litro e meio; dois; dois, duzentos e cinquenta...? É que nem os protetores solares. É muita precisão. Como alguém sabe exatamente o quanto quer se queimar?

— Ah, hoje eu quero me queimar 30. Não, 50!

Será que quando os antigos egípcios faziam seus hieróglifos eram malvistos como os grafiteiros hoje?

— Eu já troquei as pedras desse templo umas dez vezes e sempre tem um vagabundo pra pintar essas figuras de lado. Se pego um, eu sacrifico. E ainda faço uma múmia dele!

Será que ainda sobrou algum pasteleiro na China?

Já reparou como em todo aparelho eletrônico tem sempre vários botões que a gente nunca vai usar e nem sabe pra que são? Eu não sei por que continuam colocando tantos botões no controle remoto, por exemplo. Depois de certa idade a gente não é capaz de guardar mais informação nenhuma. Pra memorizar um simples número de telefone as pessoas já precisam dividir a tarefa:

— 2287... Amor, guarda o resto: 2996.

Por que as pessoas dizem "a única pessoa que meu namorado não tem ciúmes é de você" como se isso fosse uma coisa boa? É como se estivesse dizendo "Ai, que bom que você é feio porque assim a gente pode continuar nossa amizade apesar do meu namorado ciumento".

Por que a rinha de galo é proibida e o boxe não?

Pra que os japoneses precisam de passaporte? Um japonês tá querendo viajar. Seu visto expirou. Não tem problema. Ele pode chegar pra qualquer amigo com idade parecida e pedir os documentos emprestados. Na alfândega, quando chega um voo do Japão, o funcionário da polícia federal deve ficar baratinado. Pega o passaporte, olha bem, analisa, estranha, olha de novo.

— Peraí, o senhor já não passou por aqui?

Teve obra no meu prédio e eu tive que tomar banho num hotel perto. Um desses bem vagabundos, de levar prostituta e pagar por período, sabe? Vi que na tabela de preços da recepção constava o preço da suíte presidencial. Esses hotéis realmente acham que um dia algum presidente vai se hospedar num muquifinho daqueles? Sério mesmo?

— A gente rodou a cidade toda. A suíte presidencial do Copacabana Palace tá ocupada, a do Sheraton também. Enfim, de todos os hotéis do Rio de Janeiro. Então a gente vai ter que colocar Sua Excelência aqui no Copinha Céu e Mar.

Será que livros psicografados também têm ghost-writer? Nesse caso ele seria o ghost-ghost writer.

VERSÃO ORIGINAL

Na versão original eu abria cada CAPÍTULO deste livro com uma citação de algum autor que eu gosto e que tinha a ver com o tema. Na segunda versão, eu já havia percebido que essas eram as melhores partes do livro.

DIA DE... DE QUE MESMO?

Por que continuam inventando desculpa pros feriados? Dia da Independência, Dia do Trabalho, Dia de Zumbi, Dia de Tiradentes... Faz mesmo sentido deixar de lado todo um dia de trabalho nessas datas? As pessoas realmente refletem sobre elas, é isso?

— E aí, vamos à praia?

— Não posso. Tá maluco? Que praia? Como é que você pode pensar em praia num dia desse? Eu vou ficar aqui em casa o dia inteiro refletindo sobre o Tiradentes. Que homem foi esse, né? Corajoso.

Deviam assumir logo que a gente não gosta de trabalhar em todos os dias úteis do ano e simplesmente sortear novos feriados num globo tipo aqueles de bingo:

— O próximo feriado vai ser no dia... 20 de... novembro. Ah, é domingo? Então ficamos com 21 de novembro!

"UM ABRAÇO!"

Não entendo quando eu me despeço de alguém e a pessoa me manda "um abraço". Por que ela não me DÁ um abraço? Eu tô ali, na frente dela. Me abraça, pô! Eu sou limpo! As pessoas deviam mandar coisas que elas não podem nos dar, tipo "tchau, 100 mil dólares". Ou "tchau, minha esposa pelada e à sua disposição".

BIG BROTHER

Se for verdade aquela teoria de que no futuro nós seremos vigiados por câmeras espalhadas por todos os lugares, 24 horas por dia, chegaremos facilmente a uma conclusão: na intimidade, nós somos nojentos.

— Senhor, nosso relatório do dia 12 de abril de 2057. Mil homens tentaram romper a barreira mega, 8 mil desativaram seus controles XP7, 30 mil cheiraram a mão depois de um coçadão no saco e quarenta babaram na própria unha e depois ficaram cheirando a baba. E teve um que ficou esfregando a mão na cabeça e depois jogando caspa em cima de uma mesa preta. Em seguida, ele depois escreveu com a caspa a frase "me deixe em paz". Nós estamos achando melhor mandar investigá-lo. E levar um xampu.

EU BEBO SIM

A pior coisa da ressaca não é nem o que você está sentindo, mas o que não está lembrando. Afinal, ninguém jamais perguntou "tem certeza que era eu?" referindo-se a algo positivo.

Reza a lenda que caldo de sururu é bom pra curar a ressaca. Você acorda dia 1º de janeiro cheio de dor de cabeça, passando mal, tonto, e o comércio está todo fechado. A última coisa que você vai ter é disposição pra descobrir ONDE ENCONTRAR CALDO DE SURURU.

A ressaca muda a nossa perspectiva. Primeiro você termina o ano fazendo milhões de promessas. Depois você começa o ano prometendo apenas que no próximo réveillon vai comprar um champanhe melhor.

Existem outros tipos de ressaca e não só a de bebida. Uma das mais perigosas é a ressaca afetiva. Pior do que a quantidade de doses que você tomou é a quantidade de pessoas que você abraçou, beijou e falou que amava só porque estava bêbado.

O cartão de crédito também pode render uma forma de bebedeira. Você passa dezembro inteiro enchendo a cara nas lojas e depois a ressaca vem em forma de fatura.

Terrível é quando a ressaca faz dupla com a sensação-de-não-saber-como-você-foi-parar-ali. Eu não bebo, o que significa que quando bebo, fico péssimo. Uma vez acordei no banco de trás de um carro que não era meu e sem a minha carteira. Pra piorar, o flanelinha também estava numa ressaca horrorosa e não conseguiu me ajudar.

A verdade é que só existe uma coisa que realmente cura a ressaca do primeiro dia do ano: o segundo dia do ano.

O SENHOR TEM UM MINUTINHO?

Uma pesquisa recente revelou que milhões de pessoas nunca haviam sido consultadas por uma pesquisa. Até então.

Uma pesquisa recente revelou que até então oitenta por cento da população nunca havia sido consultada em nenhuma pesquisa. Após essa pesquisa, o número caiu pra zero.

Em toda pesquisa tem sempre um pequeno percentual de "não sabia a resposta". Será que não são sempre as mesmas pessoas?

— Dá licença. Eu tô fazendo uma pesquisa. Durante quanto tempo o senhor aguenta responder a uma pesquisa?

— Agora não. Eu tô com pressa.

— Dois segundos. Obrigado.

Pesquisa rápida. Dois quintos desse trecho do livro sobre pesquisa são, na verdade, a mesma piada, mas com pequenas mudanças.

CARNE? ECA!

O que mais me irrita nos vegetarianos é que eles querem continuar imitando nosso estilo de vida. Hambúrguer de soja? Salsicha de soja? Estrogonofe de soja? Se você não come carne, não FINJA estar comendo carne! Eu nunca pedi pra esculpirem uma cenoura no formato de um coração de galinha.

Um amigo vegetariano teve um trabalho gigantesco elaborando um *power point* que mostrava em detalhes como o foie gras é sordidamente feito. Poxa, se a intenção era nos fazer parar de comer foie gras, ele podia ter tido muito menos trabalho. Era só lembrar quanto custa.

Não entendo esse radicalismo dos vegans que não comem derivados do leite. Tudo bem não querer comer bichos mortos. Entendo perfeitamente. Mas nenhum animal precisou morrer pra tomarmos seu leite. Por essa filosofia, um vegan careca não pode usar uma peruca que não seja sintética.

REVOLTADAS

Pão de pobre sempre cai com a manteiga pra baixo. Pão de rico cai com a turbulência e a aeromoça da primeira classe vem correndo trazer outro.

Foi na época de colégio. Hora do recreio. Deixei um pedaço de pão cair e fiquei reparando se ele cairia com a manteiga pra cima ou pra baixo. Pelo dito popular, eu teria uma indicação do que o destino reservava pra mim: eu seria rico ou pobre? Tudo isso em questão de segundos. E ele caiu com a manteiga pra cima. Foi um alívio... Mas vinha outro aluno passando e, sem perceber, pisou no meu pão.

E um dia o pão de um pobre caiu com a manteiga pra cima. Mais tarde ele descobriu que era o pão que o diabo amassou.

Máxima de Descartes: "Penso, logo existo."
Adaptação para o Brasil: "Penso, logo sou descartado."

Três coisas fazem um idiota se sentir poderoso: uma arma na mão, uma credencial no pescoço ou a frase "é você quem vai escolher os participantes".

"Não fica mal assim, não. Você devia pensar que tem gente que tá muito pior." Alguém realmente já melhorou de ânimo ouvindo isso? Claro que não. Eu até pioro, ficando triste não mais só por mim, mas também por pessoas que eu nem conheço — as tais que estão muito piores que eu. Se eu tô sofrendo, imagine eles. Se esse raciocínio fosse válido, a gente nunca deveria ficar feliz. Afinal, sempre vai ter alguém que estará muito melhor.

— Ai, hoje eu tô tão feliz.

— Não fica feliz, não. Você devia pensar que tem gente que tá muito melhor. O Faustão, por exemplo, ganha 800 mil dólares e só trabalha aos domingos.

ABAIXO A VIOLÊNCIA! OU EU TE BATO!

Colocaram uma cancela na minha rua. Foi depois que inauguraram uma estação do metrô nova em Copacabana. Comecei a me indagar pra que servia aquele troço. Segurança? Improvável. Sempre que passo ali o guardinha me pergunta o número do meu prédio. Respondo e ele me diz que, beleza, vai lá. Ele ainda não gravou meu rosto direito e está fazendo seu serviço, que é tomar conta do nosso patrimônio. Pô, bacana. Outro dia resolvi dizer um número que nem existe aqui na rua e o cara se limitou a dizer seu já tradicional:

— Beleza. Vai lá.

Pra que serve essa cancela de fato? Eu me perguntava isso todo dia, até que semana passada, voltando de uma caminhada na praia, descobri. Apareceu uma daquelas senhoras calça-de-lycra-camisetão-crib-dancing-surrada-luzes-no-cabelo-botox, passou pelo guardinha da cancela e, mal-humorada, perguntou:

— Vem cá, você viu que horas o Eduardo chegou ontem?!

Não sei se era filho ou marido. O tom parecia o de quem desconfia do marido. Mas algumas mulheres têm o mesmo tom em relação ao filho. O guardinha respondeu:

— Duas e pouca da manhã, senhora.

E ela:

— Ah, tá.

E podíamos ler nas entrelinhas desse "ah, tá" que ela estava pensando "mato ele". Ou seja, a cancela gera violência, mesmo que indiretamente.

Depois ainda reparei que se você explicar que vai a um ponto qualquer da rua, mas que é rapidinho, os guardas liberam qualquer um.

— É rapidinho.

— Beleza. Vai lá, então.

A senha é essa: "rapidinho".

— Eu vou ali no 256 assaltar o prédio e prender todo mundo na garagem. Mas é rapidinho.

— É rapidinho mesmo, né? Beleza. Vai lá, então.

— Eu vou ali no 84 matar uma família inteira rapidinho. Não vou deixar sobrar nem a menorzinha! Mas é rapidinho!

— É rapidinho, né? Beleza. Vai lá, então.

* * *

A violência evoluiu e a frase "eu tenho uma arma, me dá o dinheiro" está mudando pra "eu tenho o dinheiro, me dá uma arma".

E com a polícia a gente sabe que não pode contar. Até as crianças sabem que a polícia não prende ladrão nenhum. Tanto que os meninos e as crianças modernas não brincam mais de polícia e ladrão. Elas brincam de polícia e vendedor ambulante, polícia e playboy dirigindo carro cheio de amigos, polícia e pai de família indo pra Região dos Lagos com o farol quebrado...

* * *

— Eu e esses cinco amigos vamos naquele prédio ali pichar a fachada rapidinho.

— É rapidinho, né? Beleza. Vai lá, então.

* * *

Pagar crime com serviço comunitário: acho essa uma ideia muito cruel. Punir alguém colocando o sujeito, por exemplo, pra fazer o trabalho de lixeiro. Será que ninguém pensa no lixeiro, coitado, que deve ficar supermal de saber que sua profissão é uma punição? "Então eu estou sendo punido enquanto faço o meu trabalho? Eu trabalho nisso há vinte anos. O que eu fiz de tão errado?"

* * *

— Eu vou roubar uns tocadores de CD aqui na rua. Mas é rapidinho.

— É rapidinho, né? Beleza. Vai lá, então.

— Eu vou jogar esse coquetel molotov naquele prédio ali. Mas é rapidinho, até porque senão estoura na minha mão!

— É rapidinho?! Vai lá, então. Ó, tá pingando álcool. Não quero esse fogo vindo pra minha cabine, hein?

— Vou me suicidar pulando do terraço do 127, porque na minha rua não tem nenhum prédio alto o suficiente.

— É rapidinho?

— Claro, meu amigo. Pulei, morri, acabou. Depois essa garota aqui no banco do carona vai levar o carro de volta.

— Beleza. Vai lá, então.

— Eu vou no 143, matar aquele gordinho que fez o livro. Rapidinho.

— É rapidinho? Então, deixa eu chamar meu substituto que eu vou contigo. O filho da mãe me chama de "guardinha" três vezes nessa porcaria.

PROFISSÃO: CHAVEIRO

A pessoa mais honesta que existe é o chaveiro. Pelo menos considerando o poder que ele tem nas mãos. O cara pode abrir qualquer porta, mas continua lá naquela lojinha de madeira do tamanho de uma guarita, ocupando quase que o mesmo espaço de um vendedor de churros. E esse não tem poder nenhum. Se bem que meu médico disse que um churro pode matar. É, mas a muito longo prazo.

O SEGREDO DO 24H

O caixa eletrônico não funciona depois das dez da noite. Dizem que essa é uma medida de segurança, mas discordo. Se eles estivessem preocupados com a nossa segurança, criariam uma forma de a gente sacar o dinheiro com menos senhas, sem precisar apertar tantos botões. Precisamos digitar tantos números que dá tempo de o ladrão ver que você está sacando dinheiro, tomar uma média com pão e depois te assaltar.

Eu acho que na verdade eles desligam o caixa de madrugada por uma questão moral. Alguém que precise de 200 reais às três e meia da manhã ou vai comprar droga ou pegar uma prostituta.

DESGRAÇA DO DESTINO

É assustador ver como o destino pode ser cruel e implacável. Sórdido, impossível de mitigar. Um destino inexorável, invencível na batalha que o homem trava contra toda a dor e o sofrimento brutal que ele traz. Todas as providências se tornam vãs na tentativa de abrandá-lo. Um sofrimento de antepassados, sofreguidão que estava ali mesmo antes de ele nascer.

E eu estou falando de calvície.

Na minha turma do colégio tinha um aluno quase careca. Ainda éramos virgens e o cabelo do coitado já escasseava. Somei isso ao fato de chocolate engordar e aprendi cedo que o mundo definitivamente não é justo.

O homem devia ir ficando careca à medida que cometesse erros. Sacaneou alguém, menos um tufo. Passou um colega pra trás, AUMENTA ESSA ENTRADA! Mas não. Ele já começa a desenvolver a calvície na sétima série do primeiro grau e não fez nada grave a ninguém.

Depois que ficamos adultos, isso nem faz tanta diferença. Pelo menos é o que as mulheres dizem. Segundo a marchinha de carnaval, é deles que elas gostam mais. Na adolescência, porém, não ter cabelo é terrível. Pior que não ter dinheiro. Afinal, se ainda não recebeu a mesada, você pode ao menos chamar a menina pra ficarem os dois em um cantinho do pátio, um fazendo cafuné no outro.

Remédio pra calvície deixa a gente impotente. Quer dizer: você até pode atrair as mulheres com a sua nova cabeleira, mas não conseguirá comê-las.

Ultimamente eu venho emagrecendo. Mas noto que tô ficando meio calvo. Pô, será que a vida não me dá um momentinho de interseção?! Nem uma fasezinha magro e com cabelo?!

BALAS DE ESTRANHOS

Pensando em retrospecto, nunca um estranho me ofereceu balas. Talvez porque eu fosse gordinho e eles achassem que eu não devia comer doce. Não sei. Talvez porque não existam estranhos oferecendo balas por aí. Sendo assim, quando eu tiver filhos, mudarei a frase para "não aceite balas estranhas de pessoas conhecidas".

INTELIGÊNCIA (?) EMOCIONAL

Inteligência emocional é você saber lidar com os seus sentimentos. É, por exemplo, saber lidar com a inveja que sente de quem tem inteligência de verdade.

FREUD NA TIJUCA

Eu cresci na Tijuca, subúrbio do Rio, então eu conheço bem três tipos de análise:

A freudiana, que dura cinquenta minutos.

A lacaniana, que dura o tempo que a sessão render.

E a tijucana, que dura dois ônibus até a Zona Sul. Você chega lá e pensa:

— Um dia eu vou mudar, um dia eu vou mudar...

INTERROGATÓRIO FAMILIAR

Sempre que eu conto uma novidade pra minha mãe, ela diz: "Poxa, nem me contou. Nem liga mais pra essa mãe." Eu não entendo. O quão rápido tenho que dar as notícias pra minha mãe não achar que eu não gosto mais dela? Eu só conseguiria agradá-la cem por cento se fosse um vidente.

— Mãe, tô te ligando pra contar uma coisa ótima que vai me acontecer daqui a vinte dias. Primeira mão. Te amo.

Quando vejo um grande ator chegando à festa do Oscar, um refém deixando o cativeiro ou um réu saindo de um julgamento polêmico, enfim, qualquer uma dessas situações onde a imprensa cerca uma pessoa e a ataca com dezenas de perguntas ao mesmo tempo, tenho a sensação de que sei exatamente como ela está se sentindo. Não que eu tenha passado por alguma dessas situações. Mas às vezes fico mais de uma semana sem falar com a minha mãe. Quando a encontro pessoalmente, é a mesma angústia. O mesmo massacre de perguntas. Mudam apenas as questões.

Tem feito dieta?

Tem cuidado do dente?

Consertou o fogão da sua casa?

Como é que tá no trabalho?

Assinou o contrato do livro?

Viu algum filme?

Tá se alimentando direito?

Tá indo à academia?

Outro dia teve um almoço na casa da minha mãe e chegando lá eu me senti exatamente desse jeito. Sufocado, agradecendo por pelo menos não estar sendo fotografado de todos os ângulos.

— Calma, calma. Eu vou responder a todas essas perguntas. Mas espera a minha avó chegar porque ela vai perguntar as mesmas coisas e aí a gente arma uma coletiva.

EM UMA LINHA

Ser leal é ser infiel, mas não sair por aí contando pra todo mundo.

Fazer humor não tem limites. Mas o que é humor tem.

Existe, sim, uma fórmula pro sucesso. Basta você decifrar o inexplicável.

O francês é o gaúcho do mundo.

Privacidade é algo que só interessa a nós mesmos.

Uma metáfora ruim é como um cavalo andando numa rodovia de duas mãos com um jogador de futebol sambando em cima dele.

A justiça é cega. Às vezes, com um bom suborno, você pode ajudá-la a atravessar a rua.

Atrás de um grande homem sempre há um grande advogado encobrindo todas as verdades que o transformariam num pequeno homem.

Dependendo do dinheiro, um bom advogado defenderia até o sujeito que o matou. Isso na teoria, claro.

O problema de fazer piada com advogados de forma generalizada é que, se o sindicato deles decidir me processar, quem irá me defender?

O Brasil é como uma grande panela de miojo malfeito, onde o pozinho caiu todo em uma pequena parte.

Pior do que ser explorado pelo capitalismo é nem ter a chance de ser explorado pelo capitalismo.

Pense globalmente, aja localmente. Traduzindo: gaste em Nova York o dinheiro que ganhou no Brasil.

O importante é competir. Desde que não haja dinheiro, fama, poder, status ou qualquer outra coisa importante em jogo.

A maioria das pessoas que diz que o importante é competir fica de fora da competição por medo de perder.

O ideal seria se a gente pudesse fazer uma eleição pra escolher quem são os eleitores que podem votar.

O amigo oculto é a roleta-russa dos presentes.

A tecnologia evolui e cada vez temos formas mais modernas de registrar atitudes que não evoluem desde a barbárie.

Ninguém é desonesto até que paguem o contrário.

Tudo o que é bom dura enquanto estiver dando dinheiro.

Repetitivos são os outros, que repetem o tempo todo que eu só falo a mesma coisa.

De vez em quando eu acho um post-it colado pela casa, me lembrando de algo que eu deveria ter feito se tivesse encontrado aquele post-it antes.

Cápsula do tempo é um compartimento com vários objetos selecionados da nossa época que, quando aberto, daqui a milhares de anos, mostrará como não tínhamos a menor ideia do que estávamos vivendo.

Frigobar é uma máquina com o poder de transformar qualquer produto colocado dentro dela no mesmo produto, só que três vezes mais caro.

Herança é tudo aquilo que ganhamos de alguém que não soube aproveitar até o final.

Avó é uma mãe que te dá acesso à geladeira.

Complicado é explicar pra uma pessoa que ela é estúpida usando argumentos que ela entenda.

Eu acho que os americanos devem ir pra guerra. Porque esse é o único jeito de eles aprenderem geografia.

GAYS

Dois tipos de homem acham que todo mundo é gay: o próprio gay e o homofóbico. Esse último anda pelo mundo detratando os gays como quem repete um mantra. Como se precisasse dizer infinitamente para si: “Eu não sou gay, eu não sou gay, eu não sou gay, eu não posso ser gay, não, não...”

É como pilotar um carro hétero a toda velocidade com medo de bater e destruir a traseira na mureta gay. E um homofóbico que lesse essa analogia diria: “Qual é? Destruir a traseira? Não ferra. E eu não pego em marcha nenhuma, não.” É como andar na corda bamba da masculinidade se equilibrando para não cair na rede gay lá embaixo. E um homofóbico que lesse essa analogia diria: “Qual é? Pra se equilibrar na corda bamba tem que pegar naquela vara. Tô fora.” Homofóbicos são inaceitáveis. E um homofóbico que lesse essa frase final diria: “Qual é? ‘Inaceitável’ é maior palavra de gay, aí.”

Existe uma diferença entre ser homossexual e ser gay. O homossexual é o homem que faz sexo com outro homem. O gay é o homem que faz sexo com outro homem ouvindo Bette Midler.

Toda hora surge algum rumor de que alguém é homossexual, né? Pessoas que a gente nunca esperaria de repente estão aí sendo chamadas de gay em algum salão de beleza.

— Tá bom que esse cara não é gay... Tá na cara dele, meu amor! Daí que ele é casado?! Isso não quer dizer nada. Ele é gay, sim!

Será que no mundo gay também existem rumores héteros?

— Ih, bicha, eu ouvi um babado outro dia. Diz que o Marcelo é homem!

— Não acredito! Mas ele é tão gay! Até calça capri ele usa!

Será que pode acontecer de um gay sofrer um acidente, perder a memória e esquecer que era gay?

— Quem é esse cara musculoso e sem camisa abraçado comigo nessa foto? Será que tenho um filho quase da minha idade?

STAR WARS, MALUCO

Quando era pequeno, eu achava o George Lucas um gênio. Eu ainda acho, mas quando era pequeno achava ainda mais. Ficava chocado, tentando entender como um homem pode ter tantas ideias loucas, criando um universo tão fantástico como o de *Guerra nas Estrelas*.

Mas aí a gente cresce, fica menos ingênuo e começa a entender melhor o mundo. Eram os anos 70 e tinha muita droga rolando. Ele devia reunir a equipe de criação em volta de uma mesa cheia de drogas, todo mundo doidão. As reuniões criativas deviam ser assim:

— Aí, pensei num nome muito louco... Chewbacca, maluco!! Doidão!

— Ahhh! Olha o Mike cheio de larica, gordão, deitado, fumando maconha... Aquele personagem, o Jabba, podia ser assim!

— Muito doido, aí. Então vamos escrever esse troço. Começa aí, vai. "Episódio 3."

— Que isso, George? É o primeiro ainda.

— Viajei, aí. Mas dane-se, vamos lá. "Episódio 3."

UM EU AINDA MAIS ESTÚPIDO

É horrível quando nos encontramos em um desses momentos embaraçosos e, pior de tudo, criados por nós mesmos. Como na reunião onde estavam todos os funcionários e você resolveu fazer aquela piadinha envolvendo o chefe. Silêncio.

Ou na comemoração de fim de ano em que você se levantou e anunciou que faria o discurso. Você ainda estava no "bem, eu gostaria de dizer que..." e já pensava "alguém me tire daqui, faça esse momento terminar logo, me mate, por favor". Silêncio.

Ninguém teve a menor culpa por você ter passado por isso. Ninguém te pediu nada, te obrigou a nada, ninguém nem tava dando muita importância pra sua presença. Mas você não se aguentou e se jogou de CABEÇA na parede do embaraço. É o suicídio da sua dignidade. O enterro da sua reputação.

Tem horas em que penso que há, dentro de cada um de nós, um alter ego ainda mais estúpido do que conseguimos ser. É parecido com o Médico e o Monstro. O médico é a gente. O monstro é o outro eu ainda mais estúpido. Tentamos levar a vida sendo apenas o médico, mas com aquele monstro querendo ser apresentado à sociedade a cada descuido nosso.

Como aquela cadeira que você inclina levemente ao se espreguiçar. Você sente que se inclinasse mais um pouco, ela viraria pra trás. E decide incliná-la mais um pouco mesmo assim. É o DESGRAÇADO do monstro. Ao bater a cabeça no chão, você volta a ser o médico e fica tentando imaginar por que fez aquilo.

Uma ex-namorada queria que eu conhecesse os pais dela. Fomos almoçar. Eu, ela e os dois. Sou mestre em cativar pais. Faço minhas graças, sou simpático, tenho cara de bom moço. Sou um homem--pais. Um homem-mães, sobretudo. Sempre que termino com uma namorada, fico sabendo que a mãe sofreu mais que ela.

O almoço foi ótimo. Depois o pai a deixou em casa com a mãe (eles eram separados) e me deu uma carona pra minha casa. Foi só as duas saírem do carro pra eu ficar tenso com a possibilidade da falta de assunto e mandar *aquela* piadinha do outro eu ainda mais estúpido:

— E aí? Vamos para uma termas comer umas piranhas?!

Silêncio. Silêncio. Silêncio.

Ele ligou a chave do carro e me deixou em casa. Sem dizer uma palavra.

VERDADE SEJA DITA

Se eu tirasse deste livro tudo o que me parece estar aqui só pra ele parecer maior, essa frase não estaria aqui.

CABEÇA FASHION

Muitos sentimentos são inexplicáveis. Eu tenho um afeto especial por pessoas que se vestem muito mal. Não estou falando de ser "cafona" ou "na moda". Acho que nem sei direito o que seria isso. Estou falando de vestir-se sem preocupação alguma. Tem gente extremamente arrumada com total mau gosto. E gente totalmente despojada com extremo bom gosto.

O objeto do meu afeto é aquela pessoa que não está nem aí. Mas nem aí mesmo. Dia desses fui apresentado a um rapaz que usava moletom com mocassim. Pô. Gostei dele de cara. Uma pessoa assim não pode ser mau-caráter. O moletom já diz muito do homem, com seu conforto proporcional ao seu péssimo caimento. O moletom, aliás, realmente faz jus ao termo "caimento". A imagem que ele nos passa é a de um tecido largado, cansado, derrotado pela preguiça. Um tecido caído. E o mocassim, coitado, pras recentes gerações deve ser mais obscuro que o mambo. O rapaz juntou os dois. Eu fiquei fascinado.

O homem sem a menor ideia de como se vestir exala uma pureza que me encanta.

MODELO DE QUÊ?

Eu não entendo muito o conceito dos desfiles de moda. A modelo vai andando, andando, andando — cheia de atitude — até que para de repente, disfarça, vira-se e volta. Eu já me senti assim. Eu saí com uma roupa péssima, fui quase até a esquina quando pensei: "Meu Deus, tô ridículo. Vou voltar pra casa e botar um jeans com camiseta mesmo."

Eu conheci uma modelo. Cheguei a achar que ela era muito sensível. Estávamos em um sinal de trânsito, quando ela viu aquele monte de meninos de rua e disse ter sentido um aperto horrível. Depois, descendo do táxi, ela se tocou que talvez devesse parar de usar calça 28.

Pra ficar com aquele corpo, algumas modelos nem fazem tantos exercícios assim. Apenas um abdominal no banheiro, depois de cada refeição. O nome disso, você sabe, é bulimia.

TÁ NA MODA

Eu estava no metrô outro dia e havia um casal supercolorido do meu lado. Ele usava uma bota vermelha de cano alto, jaqueta de couro até o joelho, calça jeans rasgada, piercings no nariz, na boca e na sobrancelha e vários brincos. O cabelo, com corte moicano, era azul. O sujeito ainda tinha um cavanhaque pintado de roxo. Ele me olhou, percebendo que eu reparava no seu visual, digamos, excêntrico. A mulher virou pra ele e avisou: "Tem um verdinho no seu dente." E eu pensei: "E daí? Será que no meio de tanta cor alguém vai reparar naquele verdinho no dente?"

O sujeito que quer parecer largado acaba sendo o que fica mais tempo escolhendo roupa. "Essa roupa? Não, parece cara. Essa? Não, tá muito nova. Vou até colocar pra lavar de novo. Com pedra, pra ficar bem-surrada. Essa? Não, tá quase bonita."

Algumas pessoas querem tanto ser diferentes de todo mundo que acabam ficando iguais aos outros que também querem ser diferentes.

Passou um documentário sobre moda de rua na televisão recentemente. Lá pro meio apareceu o depoimento de um sujeito usando casaco de brechó, cabelo descolorido, seis piercings na boca e um no nariz. Ele disse: "Eu não quero ser só mais um na sociedade. Quero ser diferente, quero minha individualidade." Legal. A individualidade. É importante mesmo. Aí apareceu um depoimento de outro sujeito. Ele estava usando casaco de brechó, cabelo descolorido, seis piercings na boca e um no nariz e disse: "Eu não quero ser só mais um na sociedade. Quero ser diferente, quero minha individualidade." Aí apareceu um depoimento de um terceiro sujeito. Ele usava casaco de brechó, cabelo descolorido, seis piercings na boca e um no nariz e dizia: "Eu não quero ser só mais um na sociedade. Quero ser diferente, quero minha individualidade"...

Em editorial de moda, eles sempre dizem de onde é cada peça de roupa. Só pra você saber onde se vestiria caso tudo aquilo caísse bem em você.

Moda é o seguinte: nunca confie numa roupa que cabe em você.

Se você nunca mudar suas roupas estará na moda de vinte em vinte anos.

Seguir a moda é uma boa maneira de alguém que não tem personalidade ter um estilo.

Vestir-se bem não tem muitas utilidades. Serve basicamente pra conquistar o mundo.

O mais triste para uma vítima da moda é ser enterrado com uma roupa e saber que terá que usá-la por toda a eternidade.

Ela começou a se vestir pensando que era pra conhecer a paixão da vida... E se apaixonou por ela mesma.

Se beber não dirija. Se dirigir não beba. Em qualquer caso não use salto alto.

Roupa tem importância, sim. Numa entrevista de emprego, certamente você mandaria sair da fila alguém que estivesse pelado.

Uma coisa nunca sai de moda: falar mal de quem tá malvestido.

Outro dia eu fui comprar roupa e antes coloquei umas coisas confortáveis pra ser mais fácil de ficar experimentando e trocando. O vendedor me tratou mal. E eu entendi que me visto bem não pra me sentir bem, mas pra ser bem tratado pelas pessoas que me vendem essas roupas.

"Ficou bem em você" está pros vendedores assim como "por aqui é mais rápido" está pros taxistas.

— O que é moda pra você?

— Moda pra mim é estar à vontade. É me sentir bem com a roupa.

Quantas vezes ainda teremos que ouvir essa resposta da boca de um entrevistado que nitidamente não está confortável com aquela roupa que seu estilista pessoal arranjou numa loja de grife? Moda é corpo, essa é a verdade. Em mim, por exemplo, nada cai bem. Eu posso gastar qualquer quantia em moda, que não ficarei tão estiloso quanto o mendigo (macérrimo, claro) que anda aqui na área, perto da minha casa.

Então eu acabo sempre desistindo de andar na moda porque...

Eu sou GORDO.

É. Sou.

Existe uma grande diferença entre "estar gordo" e "ser gordo".

Eu SOU.

Já consegui ficar magro algumas vezes. Depois engordei TUDO de novo. Pelos meus cálculos, já perdi 307 quilos no total.

Engordo, emagreço.

Engordo, emagreço.

Engordo, emagreço.

Mas mesmo que eu emagreça definitivamente, pra sempre serei GORDO.

Pra sempre verei o mundo como o eterno gordo que sou:

com olho grande!

Isso porque eu tenho...

CABEÇA DE GORDO

Este livro foi impresso na
LIS GRÁFICA E EDITORA LTDA.
Rua Felício Antônio Alves, 370 – Bonsucesso
CEP 07175-450 – Guarulhos – SP
Fone: (11) 3382-0777 – Fax: (11) 3382-0778
lisgrafica@lisgrafica.com.br – www.lisgrafica.com.br